나는 다만, 조금 느릴 뿐이다

나는 다만, 조금 느릴 뿐이다

1판 1쇄 발행 2016. 3. 11.
1판 3쇄 발행 2016. 12. 11.

지은이 강세형

발행인 김강유
편집 임지숙 | 디자인 안희정
발행처 김영사
등록 1979년 5월 17일(제406-2003-036호)
주소 경기도 파주시 문발로 197(문발동) 우편번호 10881
전화 마케팅부 031)955-3100, 편집부 031)955-3250 | 팩스 031)955-3111

값은 뒤표지에 있습니다. ISBN 978-89-349-7362-1 03810

독자 의견 전화 031)955-3200
홈페이지 www.gimmyoung.com   카페 cafe.naver.com/gimmyoung
페이스북 facebook.com/gybooks   이메일 bestbook@gimmyoung.com

좋은 독자가 좋은 책을 만듭니다.
김영사는 독자 여러분의 의견에 항상 귀 기울이고 있습니다.

이 도서의 국립중앙도서관 출판시도서목록(CIP)은 서지정보유통지원시스템 홈페이지
(http://seoji.nl.go.kr)와 국가자료공동목록시스템(http://www.nl.go.kr/kolisnet)에서
이용하실 수 있습니다.(CIP제어번호 : CIP2016004809)

나는 다만, 조금 느릴 뿐이다

강세형

김영사

1

어른이 된 나는 ──────── 어지러워

2

우리가 끊임없이 ──────── 타인을 찾아 헤매는 이유

3

우리는 모두 ———— 섬이다

4

나를, ——— 실망시키지 않았으면 좋겠다

나는 다만,

조금   느릴 뿐이다

생각해 보면,
언제나 나는 조금 느렸던 것 같다.

　밥을 먹는 것도 느렸고, 길을 걷는 것도 느렸다. 나는 아직 반도
못 먹었는데, 이미 식사를 마친 맞은편 상대가 일어나지도 못하고
나가지도 못하고 안절부절못해 하는 표정이, 내게는 참 익숙하다.
또한 누군가의 뒷모습은 내게, 그의 앞모습이나 옆모습보다 익숙하
다. 대부분의 사람들은 나보다 빨라서, 나는 뒤처져 그의 뒷모습만
보고 걷게 되니까.
　감정에 있어서도 나는 참 느렸다. 나는 누군가에게든 한눈에 반
해 본 적이 없다. 또한 내 감정을 깨닫는 데도 한참이나 걸렸다. "너
는 왜 나한테 좋아한다고 말하지 않아? 빤히 보이는데, 나 좋아하
는 거." 하지만 내가 정말 그 사람을 많이 좋아했구나, 깨달은 건 그

로부터도 한참 후였다. 좋아했구나, 과거형으로 말해야 할 만큼 한참 후.

생각해 보면,
어렸을 때도 나는 참 더딘 아이였던 것 같다.

초등학교 1학년 때, 받아쓰기 빵점을 받은 아이는 나밖에 없었다. 대부분의 아이들이 초등학교 입학 전에 한글을 미리 배운다는 건 나중에야 알게 된 사실. 태어날 때부터 워낙 작은 미숙아였고 병치레도 많은 아이였는지라, 엄마는 내게 한글을 가르치지 않으셨다. 그 후에도 워낙 작고 성장이 더딘 아이였던 나는, 키로 번호가 매겨지는 초등학교 내내 1번 아니면 2번이었고, 학교 진도도 잘 따라가지 못해 나머지 공부는 언제나 내 차지였다.

하지만 나는 또 그렇게 느린 아이였는지라,
내가 느리다는 걸 깨닫는 데도 한참이나 걸렸던 것 같다.

나는 자꾸만 숨이 찼다. 학교를 졸업하고 방송작가 생활을 하는 내내 나는 늘 숨차 했던 것 같다. 움직이는 것도, 생각하는 것도, 말하는 것도, 마음을 정하고 바꾸는 것도, 사람들은 참 빨랐다. 그 사람들을 쫓아가느라 지쳐 나는 언제나 숨이 찼고, 숨이 턱까지 차오를 때면 자꾸만 어딘가로 숨고 싶어졌다.

"나 숨차, 좀 천천히 가면 안 돼? 너는 너무 빨라!"

유난히 빠른 듯한 친구와 길을 걷다 내가 멈춰 섰을 때, 친구가 나를 돌아보며 농담처럼 던진 말.

"네가 느리다고는 한 번도 생각 안 해 봤니? 너 빼곤 다 빠르잖아?"

그때 나는 처음으로 깨닫게 됐던 것 같다. 멈춰 서 있는 내 주위를 빠르게 지나치는 사람들을 바라보며, 서른도 훌쩍 넘은 그제야, 겨우, 처음으로.

아, 그럼 내가 느린 걸 수도 있겠구나.

어쩌면 그래서 나는 늘 숨이 찼던 걸지도 모르겠다고. 나와 다른 속도, 그래서 전혀 다른 시간대를 살고 있는 사람들과 나란히 걷고 싶어, 무리하게 속도를 내다 그렇게, 내내 숨이 차고 어지러웠던 걸지도 모르겠다고.

"참 느리다. 읽으면서 계속 그런 느낌이 드네. 한참 바라보고 관찰하다가, 또 한참 생각하고 또 생각하다가 '아, 그랬구나….' 참 느리고 더딘 것이, 더 너 같기도 하고."

몇 년 동안 조금씩 써 둔 글이 어느새 꽤 모였을 때, 한 선배가 했던 말. 그제야 나는 또, 새삼 깨닫게 됐던 것 같다.

아, 나는 정말 느리구나.
그러니 내가 쓴 글이라는 것도 느릴 수밖에 없겠구나.

하지만 나는, 그래서 더 반가웠던 것 같다. 나와 비슷한 사람을 만났을 때. 그런 사람이 쓰고 그린 것 같은 책이나 영화를 만났을 때. 나만 이런 게 아니구나, 세상에 나만큼이나 혹은 나보다 더 느린 사람들도 참 많구나. 반갑고, 그것이 위안이 되는 순간도 참 많았다. 느리지만, 그 느림 안에서 누구보다 성실한 삶을 살아가고 있는 사람들을 볼 때면, 나의 느림이 나 또한 싫지만은 않게 느껴질 수 있었으니까.

나의 이야기도 누군가에게,
그런 반가움을 안겨 줄 수 있었으면 좋겠다.

그가 정말 느린 사람이든, 아니면 한순간 불현듯 내가 참 더디고 느리다는 생각이 들어 쓸쓸해진 누군가이든, 나는 느리지만 사실 '나만' 그런 것은 아니라는.

나는 느리지만
나는 사실 '다만, 조금 느릴 뿐'이라는.

반가움이 되어 줄 수 있다면 좋겠다.

2013년 1월

강세형

여전히 나는 참,

느리지만…

지난 내 글들을 다시 들추어 보는 일은,
마치 지난 내 사진들을 다시 꺼내 보는 일과 비슷해서,

어떤 글을 보고 있으면 '이땐 참 어렸네.' 너무 풋풋해서 쑥스럽기
도 하고, 어떤 글은 '이게 정말 나 맞나.' 싶기도 하고, 또 어떤 글은
순식간에 그 글을 쓰고 있던 그 시간, 그곳으로 나를 데려가기도 한
다. 그곳의 풍경, 그 시간의 냄새와 미세한 소음, 공기의 색깔까지
도 생생하게 살아나, 그때의 내 마음과 생각까지도 모두 지금 이 순
간의 일처럼 되살아나곤 한다.

이 책에 실린 글은 모두 2010년 말부터 2012년 말까지 썼던 글들
이다. 그때의 나는 여의도에 있는 작은 원룸 오피스텔에 살고 있었
고, 종종 홍대 상수동으로 작은 배낭을 멘 채 '작가 코스프레'를 하

러 다녔으며, 평범하기 그지없는 내가 앞으로 또한 계속 글을 써도 되는지를 끊임없이 고민하고 있었고, 지금 내가 하고 있는 일이 '무모한 도전'은 아닐까, 서른이 넘도록 아직도 어른답지 못한 내가 언젠가는 '나를 실망시키지 않는 어른'이 될 수 있을까, 참 열심히도 방황하며 하지만 또 참으로 더디고 느리게 살고 있었던 것 같다.

출판사가 바뀌어 개정판을 준비하면서, 오랜만에 이 글들을 다시 들춰 보고 만지작거리는 동안 나는 꼭 그 시절을 다시 살고 있는 듯한 기분이었다. 그리고 그렇게 그 시절을 다시 사는 동안, 나는 좀 놀랐다.

매일매일 거울을 통해 나를 볼 때는 분명 '어제의 나'와 '오늘의 나'가 조금도 변함없는 똑같은 나였는데, 고작 지난 4, 5년 동안에도 나는 그리고 내 주변 상황은 많이 달라져 있었다.

이 글들을 쓸 때 이제 막 결혼을 해서 임신을 했던 후배는 벌써 두 아이의 엄마가 됐고, 이제 막 사랑을 시작해 시도 때도 없이 그 사람이 '보고 싶다' 노래를 불러대던 친구는 어느새 그 사람과 한집에 살고 있다. 아직 습작생이었던 어떤 후배는 등단을 했고, 야구선수를 꿈꿨던 초등학생 내 조카는 중학생이 된 후 이제 야구보단 걸그룹에 더 관심이 많은 것 같다. 카톡 프로필 사진이 몇 달에 한 번씩 새로운 여자 아이돌 멤버로 바뀌는 걸 보니 말이다.

참 신기하다.

어제도 오늘도 별반 다를 것 없는 똑같은 매일인 것 같은데,

시간이 흐르고 있다는 것.

그렇게 조금씩 무언가가 달라지고 있다는 것.

나 또한 이제 더 이상 여의도에 살고 있지 않고, 홍대 상수동 카페는 너무 멀어져 다닐 수 없게 됐으며, 어느덧 삼십 대 후반에 접어들어 이제 더는 어른 아닌 척 어린양을 피워댈 수만도 없는 기성세대가 됐고, 무엇보다 계속 글을 써도 되는지를 그토록 열심히 고민하며 방황하던 내가 그사이 또 '이야기 폴더'의 아이들을 꺼내 와 새로운 책 한 권을 냈으니 말이다.

시간은 흐르고 있다.

어제도 오늘도 매일매일이 똑같은 것 같아도,

우리는 조금씩 달라지고 있는 거다.

그렇다고 모든 것이 달라지는 건 또 아니어서, 나는 여전히 참 느린 사람이고, 그래서 나와 다른 속도의 시간대를 살고 있는 듯한 사람들을 볼 때면 여전히 숨이 차고 어지럽지만⋯

분명한 건,

나의 시간도 흐르고 있다는 거다.

여전히 나는 참 느리지만
다만, 조금 느릴 뿐…

　나의 속도로 나는, 지금도 걷고 있다. 그리고 그 사실에 나는 조금, 안도했던 것 같다. 몇 년 후 또 언젠가 이 책을 들추어 보게 됐을 때, 그때 또한 나는 걷고 있는 사람이었으면 좋겠으니까. 멈춰버린 시간을 살고 있는 사람이 아닌, 여전히 걷고 있는 사람. 걷는 동안에는 시간이 흐를 테니까. 그렇게 걷다 보면 나는 또 조금씩, 달라지고 있을 테니까.

2016년 3월

강세형

1

어른이 된 나는 ———————— 어지러워

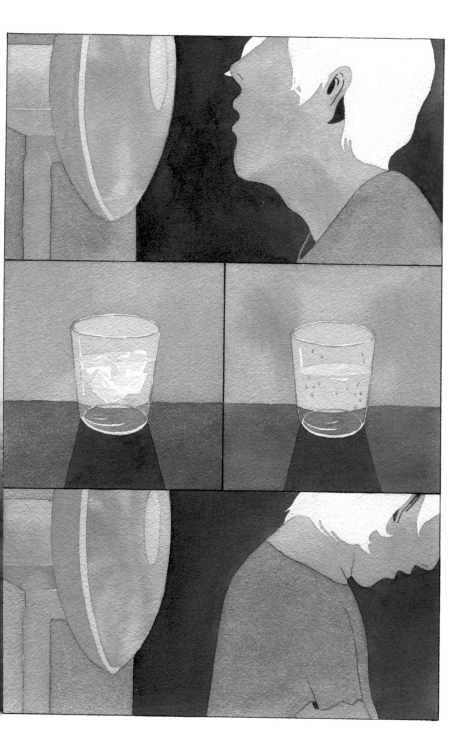

난 당신처럼 되고 싶어요

"이런 거 쓰지 말라고!"

이제 막 출근한 나를 보자마자 짜증을 내는 담당 PD. 그의 손에는 선곡할 시간을 주기 위해 출근 전 미리 메일로 보내 놓은 내 에세이 원고가 들려 있었다.

친구는 말했다.

그 날 또한 평소와 다름없이

사무실에서 헉헉대며 일을 하고 있었는데

맞은편에 앉은 선배를 보니 5년 후 나는 저렇게 살고 있을까.

건너편 과장님을 보니 10년 후 나는 저렇게 살고 있을까.

저 멀리 부장님을 보니 20년 후 나는 저렇게 살고 있을까.

갑자기 두려웠단다.

"그냥 그냥 이렇게 살다 죽는 건 아닌가 두려웠어.

그럼 너무 억울할 것 같아서."

원고를 읽자마자 담당 PD는 맞은편, 자신보다 몇 년 먼저 입사한 선배를 보게 됐단다. 그리고 차례차례 5년, 10년, 20년 선배들에게로 옮겨지는 시선. 결국 그는 우울해지고 말았단다. "내가 출근해서 제일 먼저 보는 원고가 이건 거 알면서! 오늘 하루 망했어! 시작부터 망했어! 이 우울함 어떡할 거야!?" 이 얘기를 내 지인들에게 했을 때도, 반응은 비슷했다. "그런 생각하면 정말 우울해지지. 이 꽉 막힌 사무실에서 나도 저 선배들처럼 늙어 갈 것이 빤하다고 생각하면 정말…." 왜일까. 같은 사무실의 선배들을 보면 '몇 년 후엔 나도 저런 모습이 돼 있겠지?' 기대가 되고 '그러니 더 열심히 일해야겠다.' 자극이 되지 않는 것, 도리어 우울해지고 마는 것, 도대체 왜 그렇게 되는 걸까.

그런데 더 이상한 건,
우리는 '저 선배들처럼' 살고 싶지 않을 뿐 아니라,
'내 엄마 아빠처럼' 살고 싶지도 않다는 것이다.
적어도, 나는 말이다.

내가 특별히 불우한 어린 시절을 보낸 것도 아니요, 나 또한 내 어머니 아버지의 삶이 존경받아 마땅하다고는 생각하지만, 나는 한 번도 두 분과 같은 삶을 살고 싶다고 생각해 본 적이 없다. 어려서부터 내가 두 분께 들어온 말 또한 "너도 엄마 아빠처럼만 살아라." 이게 아니었으니까. 자식들을 향한 두 분의 끝없는 희생과 베풂, 그것은 단 하나의 목표를 위해서였다. "너희는, 우리처럼 살면 안 된다."

그렇게 나는, 길을 잃었다.
내 엄마 아빠처럼 살고 싶지도 않고,
저 선배들처럼 살고 싶지도 않았던 나는, 길을 잃었다.

그런데 그것은 꼭 나만의 문제도 아니었나 보다. '나는 아직, 어른이 되려면 멀었다'를 출판하기 전, 솔직히 나는 누가 이런 얘기에 공감해 줄까 싶었다. 내가 생각해도 그 내용들이 그리 긍정적이거나 따뜻하지 못했으니까. 서른을 훌쩍 넘긴 나이에도 고민하고 방황하고 깨지고 아픈 이야기, 그리고 끝. 보통의 책이라면 그래서 어떻게 극복했다, 그러니 당신도 이렇게 지금의 힘듦을 이겨내 봐라, 아니 적어도 함께 이겨내 보자, 그것도 아니면 토닥토닥 내가 너 힘든 거 다 안다 위로라도 해 줘야 하는 건데, 나는 그게 안 됐으니까. 나 또한 아직도 헤매고 깨지고, 그런 내가 어떨 때는 나 스스로도 한심해 죽겠는데, 누가 누구한테 꿈과 희망을 불어넣어 주고 위로와 힘이 되어 줄 수 있겠냔 말이다. 그러니 그런 내가 끼적인 글이라는 것도 당연히 사람들의 공감을 언어내진 못할 거라 생각했던 거다.

그런데 있었다. "앞으로 어떻게 살아야 할지 모르겠어요." 이런 내 얘기에 공감해 주는 사람들이. 물론 그것은 내게도 묘한 위로가 되어 줬다. 나만 이런 건 아니었구나. 하지만 한편으론 조금 슬픈 마음도 들었다. 우리는 이토록 '앞으로 어떻게 살아야 할지'를 끊임없이 고민하고 있는데, 왜 그 답은 누구에게도 쉬이 찾아오지 않는 걸까 답답해서. 혹 그 이유가 저 선배들처럼 살고 싶지도 않고, 내 엄마 아빠처럼 살고 싶지도 않은, 그래서 길을 잃어버린 우리가 '전범의 부재'라는 시대 속을 살아가고 있기 때문은 아닐까 싶어서.

내 아버지의 아버지는 농사를 지었다. 하지만 내 아버지는 당신의 아버지처럼 살고 싶지 않았다. 아버지의 아버지 또한 아들이 자신처럼 살기를 원치 않았다. 그래서 무리하고 희생하여 아들을 도시로 보냈다. 아들은 도시에서 대학을 다니고 취업을 하고 샐러리맨이 됐다. 그리고 30년이 흐른 후, 당신의 아버지처럼 살고 싶지 않아 다른 삶을 선택한 내 아버지는, 당신만은 행복하고 충만한 삶을 살았다 생각하게 됐을까. 나는 잘 모르겠다. 나는 아버지에게서 '너는 나처럼 살지 마라'는 얘길 듣는, 30년 전의 아버지와 똑같은 상황에 놓여 있었으니까. 아버지를 향한 나의 시선 또한, 아버지가 당신의 아버지를 바라봤던 존경과 측은함이 뒤섞인 시선과 크게 다르지 않았으니까.

어쩌면 우리는 이렇듯 대물림된 전범의 부재 속을 헤매고 있기에 '앞으로 어떻게 살아야 할지'를 더 모르겠는지도 모르겠다. 아버지를 보아도, 아버지의 아버지를 보아도, 보이지 않는 길.

물론 '전범의 부재'를 탓하는 것 자체가 핑계일지 모른다. 하지만 그렇게 '탓을 할 수 있는 시대'를 살아간다는 건 어쨌든, 조금은 더, 힘겨울 수밖에 없는 거 아닐까. 아무도 무엇도 탓할 수 없다면, 나만 잘하면 된다. 그러니 패배를 인정하기도 쉽다. '저 사람을 봐. 저렇게 행복하고 충만하게 사는 사람도 있는데, 네가 지금 그렇지 못한 건 다 네가 못나서야. 네가 더 간절히 열심히 살지 않았기 때문이야.' 그렇게 패배하지 않기 위해선 그저 달리면 된다. 그 과정이 아무리 힘들다 해도, 적어도 길은 보이는 거니까. 누군가 먼저 걸어간 길, 나도 가고 싶은 길이, 적어도 있긴 하는 거니까.

"난 당신처럼 살고 싶어요."
아무리 두리번거려 봐도 이 말을 뱉을 수 없는 막막함.
"나도 아버지처럼 살고 싶어요."
이 말을 뱉을 수 없어
내 맘에 담게 되는 죄스러움과 당신을 향한 측은함.
적어도 이런 힘듦으로부터는 조금 더 자유로울 수 있었을 테니까.

"난 당신처럼 되고 싶어요."

이 말을 쉬이 담을 수 있는 시대를 우리가, 살고 있었다면 말이다.

작가 코스프레

사랑은, 은하수 다방 문 앞에서 만나
홍차와 냉커피를 마시며
매일 똑같은 노래를 듣다가, 온다네.

이어폰에서 흘러나오는 '사랑은 은하수 다방에서'를 들으며 '은하수 다방'을 지나친다. "거의 모든 노래를 여기서 만들었죠." 그들의 팬들에겐 성지나 다름없는 '은하수 다방'이지만, 나는 이 노래를 흥얼거리면서도 근처 다른 카페로 들어선다. 가장 한적해 보이는 다른 카페로. 그러곤 언제나 그렇듯 가장 눈에 띄지 않을 법한 구석진 테이블에 짐을 푼다. 오늘도 나는 은하수 다방을 등진 채 노트북을 꺼내고 '아메 아메 아메 아메 아메리카노'를 시킨 뒤 한글창을 열고 작업을 시작한다.

"어디야?"

"홍대 근처 카페."

"거기서 뭐해?"

"작가 코스프레…."

요즘 나의 직업은, 작가 코스프레.

라디오 일을 그만두고 꼬박 6개월 동안 아무것도 쓰지 못했다. 여행을 하고, 책을 보고, 영화와 드라마도 실컷 보고, 운동도 하고, 카페 아르바이트도 하고, 친구들 만나 목이 아프도록 수다도 떨고, 그러는 사이에도 시간은 잘만 흘러갔으니까. 하지만 꼭 그래서만은 아니었다. 내가 지난 6개월 동안 한글창을 단 한 번도 열지 못한 진짜 이유. 그건, 작가의식의 부재. 내 스스로가 나를 '작가'라 생각지 않는 것 때문이었다. 10년 넘게 '라디오 작가'라 불리고, 운이 좋게 책이란 것도 내보고 '저자'라 불려 보기도 했지만, 그럼에도 나는 내 스스로를 '작가'라 생각지 못했다.

책을 좋아했다. 어려서부터 책 읽는 것이 좋았고, 작가들의 삶을 동경해 본 적도 많았다. 하지만 그래서 더 자신이 없었다. 내 주제에 어떻게, 나는 어차피 그렇게 대단한 글은 쓸 수 없어, 나는 천재가 아니니까, 재능이 없으니까. 국문과를 선택한 이유 또한 글을 쓰기 위해서가 아니었다. 더 많은 글, 더 많은 책을 '다만' 보고 싶었기 때문이었다. 그러다 대학원 진학을 앞두고 학비를 벌기 위해 우연한 기회로 시작하게 된 라디오 작가 아르바이트. 그걸 10년 넘게 하게 된 거다. 그 10년 동안에도 나는, 나를 한 번도 '진짜 작가'라 생각지 않았다. 한글창에 글을 쓰긴 하지만, 그 글은 오직 라디오 송출을 위한, 음성언어를 위한 글이었기에, 나는 그것을 그저 '수다'의 한 부분이라 생각했던 것 같다. 그리고 어느 순간부터는 오직 '일'이라고만 생각했던 것 같다. 매일 방송인 라디오이기에 매일매일 데드라인이 있는 그냥 일, 나는 그렇게만 한글창을 대해 왔다.

그러니 라디오 작가 일을 쉬게 되면서, 매일매일의 데드라인도 사라졌겠다, 스스로 작가라는 의식도 없겠다, 한글창을 열 일도 없어졌다.

"요즘 뭐해요?" 사람들의 질문에도 "그냥 놀아요." 이렇게 대답할 수밖에 없었고, "다음 책 안 내요?" 이런 질문에는 "예? 다음 책이라뇨?" 오히려 반문할 수밖에 없었다.

"매일 새로운 글을 어떻게 써요?" 라디오 작가로 가장 많이 받았던 질문. "중요한 건 러닝타임이 아니라 데드라인이더라고요. 뭘 쓰지, 뭘 쓰지 하다가도 데드라인이 다가오면 손이 막 쓰고 있어요. 머리로 쓰는 게 아니라 손으로 쓰는 거죠." 이 대답 또한 '난 작가가 아니야.'라는 자기 합리화 혹은 자기 최면의 방편이었다.

그러니 라디오 작가 일을 쉬게 되면서 나는 정말 '할 일'이 없어졌다. 일로 생각하던, 머리가 아닌 손으로 데드라인에 맞춰 쓰던 '글'이라는 걸 나는 더 이상 쓸 필요가 없어졌고, 써야겠단 의지도 생겨나지 않았다.

그러던 어느 날 아침,

'그럼 난 이제부터 뭘 해야 하는 거지?'

라디오 일을 쉬게 된 지 꼭 6개월이 지난 어느 날 아침,

'난 이제부터 어떻게 살아야 하는 걸까?'

눈을 뜨자마자 떠오른 이 질문들과 함께,

갑자기, 모든 게 다, 재미없어졌다.

여행도, 책도, 영화와 드라마도, 아르바이트도, 운동도, 친구들을 만나는 것도 갑자기 모든 게 다, 재미없어졌다. 일 때문에 늘 미뤄 둬야만 했던 많은 놀이들에 취해 마냥 즐거웠던 어제까지의 나였는데, 하루 만에 모든 게 달라졌다.

다, 재미없어.

그래서 나는, 태어나 처음으로 이런 생각을 해 보게 됐던 것 같다.

나는 사실, 계속 무언가를 쓰고 싶었던 게 아닐까.

그냥 일이니까 하는 거죠, 먹고살려고. 머리로 쓰는 게 아니라 손으로 쓰는 거예요. 매일 '원고'라는 걸 쓰면서도 늘 그렇게 말해 오던 내가, 사실은 그 모든 걸 즐기고 있었던 게 아닐까. 그럼 나는 왜 그동안 줄곧 '나는 작가가 아니야.' 스스로에게 말해 온 걸까.

나는, 두려웠던 걸지도 모르겠다. 무언가를 쓰고 싶으면서도, 그래서 라디오 원고를 쓰며 글이라는 세계에 한쪽 발을 담그고 있으면서도, 그곳에 두 발을 다 담그고 스스로를 작가라 말하게 되는 순간, 모든 것이 들통나버릴까 봐. 나는 사실 그리 대단한 사람이 아니라는 게, 나는 사실 재능이 없는 사람이라는 게, 나는 좋은 글을 쓸 수 없는 사람이라는 게, 그러니까 진짜로 '작가'가 아니라는 게 들통나버릴까 봐. 그 누구도 아닌 내 자신에게 들통나버릴까 봐, 나는 내내 두려웠던 걸지도 모르겠다.

모든 것이 재미없어진 그날 아침. 평균 수명은 계속 늘고 있다는데, 이러다 우리 때는 정말 백 살까지 사는 거 아냐? 갑자기 두려워졌다. 그럼 사고사, 병사 아니면 아직도 70년 가까이 더 살아야 된다는 건데? 갑자기 남은 인생이 너무 두려워졌다. 앞으로 70년이나 더! 이렇게 재미없이 살아야 한단 말이야!?

사랑은, 은하수 다방 문 앞에서 만나
홍차와 냉커피를 마시며
매일 똑같은 노래를 듣다가, 온다네.

이어폰을 꽂고 노트북이 든 배낭을 메고 집을 나섰다. 그렇게 나의 '작가 코스프레'가 시작됐다. 하지만 나는, 늘 붐비는 '은하수 다방'은 그냥 지나친다. 가장 한적해 보이는 다른 카페로 들어가 가장 눈에 띄지 않을 법한 구석진 테이블에 짐을 풀고 노트북을 꺼낸다.

나의 작가 코스프레는 '최대한 남들 눈에 띄지 않게'를 목표로 한다. 카페 주인을 비롯한 그 누구도 내 노트북 화면이 보이지 않는, 그러니까 내가 지금 한글창에 무언가를 쓰고 있음이 보이지 않는 자리에 앉아야 나는 가장 마음이 편해진다. 그리고 마침내 하얀 새 한글창에 까만 글자들을 하나씩 채워 나가면서 나는 알게 됐던 것 같다. 내가 지금, 즐겁다는 것을….

나는 이제부터 무엇이든, 써야만 할 것 같다.
그것이 대단한 글이 아닐지라도,
아무도 좋아해 주지 않는 글일지라도,
아니 아무도 읽어 주지조차 않는 글일지라도,
어쨌든 매일 조금씩.

결국 나에겐 재능 따윈 없었고, 나는 작가도 뭣도 아닌 별 볼일 없는 사람이었음이 들통난다 해도 괜찮다. 어차피 나는, 늘 붐비는 '은하수 다방'은 지나치는 사람이니까. 어차피 나는, 가장 눈에 띄지 않을 법한 구석진 테이블에서 노트북을 꺼내는 사람. 어차피 나의 '작가 코스프레'는 누구에게 보이기 위함이 아니다. 그러니 나는 그런 글을 쓰면 되는 거 아닐까.

그리 대단한 글이 아닐지라도 내가 지금 쓸 수 있는 글.
아무도 좋아해 주지 않는 글일지라도 내가 지금 쓸 수 있는 글.

이제 나는 알아버렸으니까. 이제 정말 알아버려서, 더 이상 외면할 수도 도망칠 수도 없게 돼버렸으니까. 내가 지금 나의 '작가 코스프레'를 즐기고 있다는 것을. 결국 나는 무엇이든 쓰고 싶었던 사람이었다는 것을, 아무것도 쓰고 있지 않는 동안에는 아무것도 즐겁지 않은 나라는 것을, 이제 정말 알아버렸으니까.

싸우기도 하고 지랄도 하고

나는 비교적 참는 걸 잘하나 보다.

언젠가 열이 좀 나는 듯 몸살기가 있어 출근 전 병원에 들렀는데, "오늘은 무조건 쉬세요." 하기에 "저 지금 출근해야 하는데요?" 했더니, 의사가 몹시 어이없단 표정으로 이렇게 말했다. "열이 40도가 넘었어요. 이렇게 회사 가면 일도 못 하고 오히려 다른 사람들한테 민폐예요, 민폐." 그 정도는 아닌데…. 나는 그날 출근해 일도 잘하고 무사히 퇴근했다.

건강검진 위내시경을 할 때도 수면은 시간도 많이 걸리고 귀찮아서 나는 늘 간단하게 금방 끝나는 일반내시경을 하는데, "야만인!" 심지어 내게 이렇게 소리친 사람도 있었다. "너무 힘들어서 나는 못 하겠던데?" 그 얘길 들었을 때도 나는, 왜? 그냥 목으로 한 번 쑥

집어넣었다 빼기만 하면 되는 건데 왜? 물론 눈물은 좀 나고 캑캑거리게도 되지만 5분도 안 돼서 끝나니까 그게 더 간단한 거 아닌가, 생각했다. 대부분의 사람들이 일반내시경을 기피한다는 건 나중에야 알게 된 사실.

　그러고 보니 초등학교 때는 이런 일도 있었다. 문턱에 발가락이 걸려 넘어졌는데 좀 아팠다. 하지만 뭐 걷는 데 별 이상 없으니 그냥 좀 아프네 하고 말았는데, 다음 날 엄마 손을 잡고 할머니집에 가는 길, 걷기가 좀 힘들었다. 그래서 "엄마, 발가락 아파."하곤 길에 앉아 신발, 양말을 벗었는데 퉁퉁 부어 두 배나 커져 있는 엄지발가락. 바로 직행한 병원에선 발가락뼈에 금이 가 깁스를 해야 한단 진단을 받았고, 그날 나는 병원 복도에서 엄마에게 등짝을 때려 맞으며 욕을 먹었다.

　"아유, 미련한 것! 왜 아픈 걸 몰라!"

　잘 참는 건 '참 잘했어요' 도장을 받을 수 있는 일이긴커녕 '미련한 짓'이라는 걸, 그 어렸을 때부터 엄마에게 배웠는데도, 나는 아직도 비교적 참는 걸 잘하나 보다.

　그건 또 몸이 아픈 것에만 해당되는 것도 아니어서 일을 할 때도, 연애를 할 때도, 나는 마찬가지였다. 일이 좀 많아도 나는 잘 참았다. 그냥 하고 말지, 잘 참았다. 연애를 할 때도 잘 안 싸웠다. 소리

높여 싸우는 것 자체를 싫어하는 성격인 데다 참기까지 잘하니, 웬만하면 다 맞춰 주는 편이었다.

"그러다 너 한 번 돌면 그냥 끝나는 스타일이지?"
내 연애 얘기를 듣다 한 선배가 했던 말.
"그게 더 나쁜 거야! 결국 터진다고. 터져야 하는 문제는 언젠가는 결국 터져. 근데 계속 참기만 하면 더 곪아서 한 번에 빵! 크게 터진다고. 그럼 상대는 얼마나 황당하겠냐? 밑도 끝도 없이 헤어져, 하는 걸로 들릴 텐데."
할 말이 없었다. 부인할 수 없었으니까. 그러고 보니 나는 늘 그랬던 것 같다. 참고 참고 참다 결국 한 번에 빵. 그렇게 이별한 사람, 그렇게 절연한 지인, 그렇게 그만둔 일이 내겐 적지 않았으니까.

"싸우기도 하고 지랄도 하고, 그러면서 살아야 안 곪아요. 참는 게 능사가 아니야."

그런데 나는 그게 참, 잘 안 되나 보다. 언젠가 레이저 치료를 받을 일이 있었는데 의사가 계속 물었다. "안 아파요? 아프면 말씀하세요." 처음 한두 번은 그냥 넘어갔는데, 계속 "안 아파요? 안 아파요? 안 아파요?" 하니까 나도 모르게 너무나 무뚝뚝한 말투로 툭 튀어나온 말. "아파요." 흠칫, 의사의 당황해 하는 모습이 너무 티가 났다. 느껴졌나 보다. '아파요. 근데 아프다고 하면 뭐 달라져요? 어차피 치료는 해야 하는데? 아프냐고 물어보면서 괜히 배려하는 척하지 말고 그냥 얼른 끝내요.' 나의 무뚝뚝한 말투에 담긴 이 모든 내심이 느껴졌는지 의사는 그 후 "안 아파요?"라는 질문은 더 이상 하지 않았다.

나는 기본적으로 그렇게 생겨 먹은 애였던 거다. 아프다, 힘들다. 하지만 뭐 그걸 말하면 달라지나? 그냥 참고 말지, 뭘 그렇게 징징거려. 아프다, 힘들다는 말을 입에 달고 사는 사람들에 대한 나의 내심 또한 어쩌면 그런 것이었는지도 모르겠다. 뭘 그렇게 징징거려, 징징거려서 달라지는 것도 없는데.

"그거 진짜 아프다던데?" 처음 대상포진에 걸렸을 때도 호랑이가 무는 것처럼 고통이 심한 병이라며 사람들은 걱정했지만, '그 정도는 아닌 것 같은데….' 나는 일도 하면서 평소의 일상을 그대로 살았다. 몸이 좀 무겁고 두들겨 맞은 듯한 느낌의 신경통은 있었지만, 그렇다고 일상생활을 못할 정도는 아니었으니까. 아니 정확히 말하면, '못하면 어쩔 건데? 누가 대신해 줄 수도 없는 일, 아파도 내가 그냥 해야지 뭐.'였던 것 같다.

그게 몇 해 전 일이다. 과로와 스트레스, 면역력이 약해지면 발병하기 쉬운 질병 대상포진. 그러고 보니 그때의 나는 정말 힘들긴 했던 것 같다. 과로와 스트레스, 그리고 무엇보다 마음의 상처. 그땐 의식하지 못했으나, 어쩌면 참고 참고 참기만 했던 마음의 상처가 곪아 몸이 아팠던 걸지도 모르겠다는 생각이, 오늘 아침에서야, 비로소 들었다.

　며칠 전부터 몸이 무겁고 뻐근한 것이 근육통이 있는 것 같아 그냥 몸살인가 했는데, 오늘 아침 샤워를 하려고 보니 옆구리 쪽에 일렬로 발간 발진이 보였다. 몇 해 전과 똑같은 발진. 신경계를 따라 줄무늬 모양으로 일어나는 발진. 대상포진이었다. 왜? 제일 먼저 든 생각은 그거였다. 왜? 과로와 스트레스가 원인인 대상포진이 왜? 요즘의 나에겐 과로랄 게 없었는데 왜? 그래서였던 것 같다. 몇 해 전 대상포진 역시, 참고 참고 참기만 했던 마음의 상처가 곪아 몸이 아팠던 걸지도 모르겠다는 생각이 든 것.

　요즘의 나에겐 과로랄 게 없었으니까.
　다만, 마음이 좀 아팠을 뿐….
　하지만 어쩔 수 없잖아?
　또 참고 참고 혼자 끙끙거리며 참고만 있었던 나.
　결국 그 마음이 곪아 발간 줄무늬 발진으로 나타난 게 아닐까.

　"싸우기도 하고 지랄도 하고, 그러면서 살아야 안 곪아요. 참는 게 능사가 아니야."

　오래전 선배에게 들었던 그 말이 다시 떠올랐다.
　거울 속 발간 줄무늬 발진을 바라보고 있으니.

어른이 된 나는 어지러워

일요일 오후, 후배에게서 전화가 걸려 왔다. 평온하다 못해 나른하기까지 했던 일요일 오후. 책을 끼고 뒹굴다 선잠에 빠지려던 찰나, 누운 상태 그대로, 잠이 묻은 나른한 말투 그대로, 완전한 무방비 상태에서 전화를 받은 나. 그런 나를 3초도 안 돼 벌떡 일으켜 세운 후배의 목소리.

후배는 울고 있었다. 유난히 볕이 좋은, 유난히 하늘이 높은, 그 하늘로 떠가는 뭉게구름이 유난히도 평화롭던 9월의 일요일 오후. 후배가 울고 있었다. 창밖으로 보이는 여름 그 끝자락의 평온과 전화기 너머로 들려오는 후배의 울음 사이에 서 있던 나는, 순간 현실 감각을 잃었다.

휘청, 나는 조금 어지러웠다.

한 시간 넘게 통화를 하는 동안 후배는 계속 울고 있었고, 그 울음 사이사이로 튀어나오는 후배의 말은 온전히 알아들을 수 없는 형태였지만, 이 아이가 지금 많이 아프구나, 많이 힘들구나, 짐작은 할 수 있었다. 사랑을 잃은 이 아이가 지금 많이 아프구나, 많이 힘들구나, 그것뿐….

그리고 나는 조금, 어지러웠다.

전화를 끊고 잠깐 멍하니 앉아 있다 자전거를 타야지 싶었다. 한강을 따라 한참을 달리고 돌아와 샤워를 하고, 일요일 오후니 대청소를 하고, 저녁이 돼 밥을 하고, 과일을 먹으며 9시 뉴스를 봤다. 그러곤 소화도 시킬 겸 음식물 쓰레기를 버리러 다시 밖으로 나와 집 주변을 한 바퀴 휭 도는데, 자꾸만 TV 속 광고문구 하나가 떠올랐다.

당신은 기분 좋을 때 웃고 기분이 나빠지면 울었습니다.
하지만 당신은 어른이 되는 대가로 당신의 감정을 숨겨야 했습니다.
가볍게 보이지 말아야 했고 철들어 보여야 했으니까요.

늦여름 평온한 오후 창밖 풍경과 금방이라도 부서질 듯 울어대던 후배의 목소리. 그리고 그 틈새를 비현실적인 느낌으로 부유하고 있던 나. 그 장면이 머릿속에서 끊임없이 재생되며 이 문구가 떠올랐다. '당신은 기분 좋을 때 웃고 기분이 나빠지면 울었습니다.'

나는 울음이 나지 않는다. 밥도 너무 잘 먹고, 잠도 너무 잘 자고, 심지어 운동도 열심히, 일도 열심히. 요즘의 나는 이상하리만큼 멀쩡하다. 그런데 후배는 울었다. 곧 부서질 듯 울어댔다. 그래서 생각났다. 사랑을 잃고 후배마냥 부서질 듯 아파하던, 과거의 내가.

하지만 지금의 나는, 울음이 나지 않는다.
나 또한 사랑을 잃었는데….
지금의 나 또한 사랑을 잃은 사람인데,
과거의 나처럼 부서질 듯 아파하지 않는다.

며칠 전 이별 앞에서도 나는 참 덤덤했다. 집에 돌아와 밥도 잘 먹고, 잠도 잘 자고. 내가 그를 덜 사랑했던 걸까. 그건 아니다. 과거의 사랑 못지않게 뜨거웠고, 그와의 미래를 상상해 보며 행복해도 했고, 사소한 다툼에도 많이 아파했던 나는 분명, 그를 많이 사랑했다.

그럼 '당신은 어른이 되는 대가로 당신의 감정을 숨겨야 했습니다. 가볍게 보이지 말아야 했고 철들어 보여야 했으니까요.' 광고 속 문구처럼 나는 이제 어른이 된 걸까. 하지만 나는 부러 노력하고 있는 게 아닌데…. 가볍게 보이고 싶지 않다, 철들어 보이고 싶다, 그렇게 생각해 본 적도 없는데…. 그런데도 나는, 울음이 나지 않았다. 부서질 듯 울어대는 후배의 목소리 앞에서도 나는 울지 않았다. 그냥 조금, 어지러웠을 뿐. 그리고 떠오른 노래.

42

어른이 된 나는 어지러워.

감정에 휘청이는 후배와, 감정에 휘청였던 과거의 나는, 오히려 비현실적인 느낌.

그렇기에 밥도 잘 먹고, 잠도 잘 자고,
나의 평온한 현실은 계속된다.

그리고 그 안에서 나는 어쩐지,
계속 조금 어지럽다.

내 맘 같지 않은 지금

초등학생 시절, '나의 미래'와 관련해 내 머릿속에 그려지는 이미지는 딱 하나뿐이었다. 하얀 가운을 입고 환자를 진료하고 있는 의사 선생님의 모습. 세뇌 교육의 놀라운 효과였다. 엄마 배 속에서부터 '나의 미래 = 의사'로 교육받았으니, 그 시절 나는 당연히 내가 어른이 되면 의사가 돼 있을 거라 생각했다.

중학교 시절엔 그 당연함이 수학자로 옮겨 갔다. 나름 내 미래에 대한 사고의 프레임이 달라지는 중대한 일인데, 그 계기는 실로 우스웠다. 주요과목 국영수 가운데 국어, 영어는 늘 평균 이하였기에 그나마 나은 수학에 애정이 가고 있었는데, 잘생긴! 수학 선생님까지 만나면서 수학에 올인. 그렇게 나의 미래는 수학자로 결정됐다.

국문과를 가야겠다 생각했던 것은 고등학교에 올라오고 나서였다. 수능 준비 필독서였던 한국단편문학선. 너무, 재밌었다. 지나치게, 재밌었다. 독서의 즐거움을 깨닫고부터는 책만 봤다. 계속 책만 보면서 살면 좋겠다 싶었다. 그럼, 교수가 돼야 하나? 일단 국문과 가지 뭐.

하지만 지금의 나는, 교수도 아니고, 수학자도 아니고, 의사도 아니다.

적중률 0%.
내 미래에 대한 나의 예측은, 적중률 0%를 자랑한다.

거창하게 장래희망까지 안 가도, 내가 예측했던 내 삼십 대의 일상엔 잘생긴 남편, 토끼 같은 애들도 셋쯤? 잘 꾸며진 아파트, 빨간색 자동차 등이 배치돼 있었는데, 그중 지금의 나, 삼십 대의 내가 갖고 있는 것은 아무것도 없다.
첫사랑을 앓고 있을 때는, 당연히 몇 년 후 이 사람과 결혼해 알콩달콩 살게 될 거라 예측했으나, 지금은 그의 얼굴도 잘 기억나지 않는다. 어떤 이와는 미래의 우리 아이 이름 짓기 따위의 말도 안 되는 닭살 짓 또한 했던 것 같은데, 지금 그분은 다른 사람과 결혼해 (물론 그때 우리가 지은 이름과는 전혀 다른 이름을 가진) 아이 낳고 잘 살고 계신다.

뭔가 드라마틱한 사건 사고나 격정적인 감정 변화와 갈등이 있었던 것도 아니다. 사소한 계기와 인연으로 방향이 조금씩 틀어지고, 순간순간 이루어진 나의 선택들이 모여 내가 전혀 예측하지 못했던 삶으로 나를 데리고 온 것이다. 돌아보니 말이다.

내 맘 같지 않은 지금이네.

어느 날 문득, 그런 생각이 들었다. 나는 지금 내가 한 번도 예측하지 못했던, 내 맘 같지 않은 지금을 살고 있다는 생각. 그런데 참 묘하게도, 그것은 오히려 내게 '위로'가 되고 있었다.

산다는 게 내 맘처럼 되지만은 않는다는 것. 그렇다면 달라질 수도 있다는 얘기일 테니까. 이렇게 이렇게 살다간 5년, 10년, 20년… 빤히 보이는 나의 미래 또한 달라질 수도 있다는 얘기일 테니까.

사소한 계기와 인연이 어느 날 또 찾아와, 순간순간 이루어지는 나의 선택이 미묘하게 방향을 틀어, 지금의 나는 상상도 할 수 없는 또 다른 미래가 찾아올 수도 있다는 것.

오히려 나는 위로받고 있었다.
내 맘 같지 않은 삶, 내 맘 같지 않은 지금에.

내 맘처럼 되지만은 않는 것, 사랑도 마찬가지인가 보다.

불확실성이 주는 불안함과 두려움과 힘겨움.

삶과 사랑의 닮은 점.

'사랑이 없다면 삶은 얼마나 평화롭겠니. 안전하고, 평온하고.'

어떤 영화에 등장했던 이 말.

이 말에 고개가 절로 끄덕여졌던 기억이 난다.

하지만 그다음 대사에서 나는,

다시 한 번, 더 크게, 고개를 끄덕일 수밖에 없었다.

'대신, 지루하겠지.'

우리들은 모두 무엇이 되고 싶다

'음악선물 도착! 마이페이지 선물함에서 확인하세요.'

삼십 대 중반의 선배 언니가 아이돌 출신 연기자에게 푹, 아주 푹 빠졌다. 만나서 하는 얘기도 순 그 아이 얘기뿐. 9시 반이 되자 그만 일어나자고 했다. 그 아이가 출연하는 드라마 본방사수를 위해. 그러더니 며칠 후 음악선물을 보내왔다.

'우리 유천이가 부른 드라마 OST야. 들어 봐 줘. 내 아이디로는 한 번밖에 못 받거든. 순위 올려 줘야 하는데.'

그래서 지인들에게 음악선물을 뿌리고 있다는 거였다.

"회사 안 다니고 하루 종일 우리 유천이만 '핥았으면°' 좋겠어. 나는 '뉴비°'라서 아직도 못 본 동영상이 엄청 많거든. '머글°'이었을 때는 도대체 퇴근하고 뭐했는지 기억도 안 난다."

뉴비가 뭐야? 머글은 또 뭐고? 홅아? 뭘 홅아? 그래도 난 직업이 방송작가였는지라, 내 또래 다른 이들보단 인터넷 용어, 십 대들 언어를 많이 안다고 생각했는데 언니의 말은 반도 못 알아듣고 있었다.

그에 대한 사랑이 넘쳐 이제 그 사랑을 다른 이들에게도 전도하고 싶었던 언니는, 우리집에 와서도 컴퓨터를 끼고 앉아 이런저런 동영상들을 내게 보여 주고 싶어 했다. 그러다 보게 된 데뷔 초 그가 출연했던 한 오락 프로.

"나 이거 몇 년 전에도 봤는데, 그땐 얘네가 누군지도 모르고 봤거든? 동방신기? 믹키 뭐? 이름이 왜 이렇게 어려워, 하면서."

영상을 보는 동안에도 연신 종알종알, 진짜 남자친구와의 연애사를 읊어대듯 그에 대한 사랑을 설토하던 언니는 결국 이 얘기로 종지부를 찍었다.

"내가 그래서 김춘수 시가 얼마나 대단한 시인지 새삼 깨달았잖아. 내가 그의 이름을 불러 주기 전에는, 그는 다만 하나의 몸짓에 지나지 않았다!"

홅았으면*   좋아하는 연예인의 동영상과 자료를 보는 것.

뉴비*   인터넷을 처음 접하여 여러 기능에 익숙하지 않은 사람을 일컫는 말로, 기존 팬이 아닌 이제 막 팬 생활을 시작한 사람을 뜻함.

머글*   해리포터에서 마법사가 아닌 일반인을 '머글'이라 부르는 것에서 따와 팬이 아닌 사람들을 칭하는 말.

그 시가 절로 떠올랐단다. 그에게 빠지기 전에는 그가 나오는 TV 프로그램을 보면서도 아무 감흥이 없었는데, 이제 와 그 프로들을 다시 찾아보고 있자니 절로 그 시가 떠올랐단다. 내가 그의 이름을 불러 주었을 때, 그는 나에게로 와서 꽃이 되었다!

인정.
나는 그녀의 사랑을 인정하며 무릎 꿇었다.
그러지 않을 수 없었다.
그녀의 절절한 진심이, 꽃이 되어 내게도 전해졌으니까.

교과서에도 나오는 시. 오히려 너무 유명해 감흥이 옅어진 시. 그런 시를 나이 들어 다시 보게 됐을 때, '역시, 유명한 데는 다 이유가 있어.' 새삼 마음이 시큰해질 때가 있다. 내게도 그 시가 새삼 꽃이 되어 마음에 와 닿았을 때가 있었다.

아직도 헤어짐에 익숙지 못한 나. 10년 넘게 방송 일을 해 왔고, 방송 일이라는 게 헤어짐과 새로운 만남의 반복이라는 걸 누구보다 잘 아는데, 그러니 이제 익숙해질 법도 한데, 나는 여전히 헤어짐의 순간을 나이스하게 해치우지 못한다. 매번 쭈뼛쭈뼛 어색해하다, 도리어 외면하려고만 한다. 영화는 못 찍을망정 평소보다 더 이상하고 우스꽝스러운 모습을 마지막으로 남긴다. 그 날도 그랬던 것 같다. 그리고 그럴 줄 알았다. 그래서 마지막 원고를 일주일 전에 썼다. 어차피 헤어짐의 아쉬움도 미안함도 고마움도 제대로 표현 못 하고 우스꽝스럽게 뒤돌아설 나를, 내가 너무 잘 알아서.

내가 선명하게 기억하고 있는 누군가의 이름은 몇이나 될까.

어느 날 이런 엉뚱한 생각을 하고 있던 난, 조금 놀랐다.

내가 선명하게 기억하고 있는 이름이

생각보다 그리 많지 않아서였다.

나의 협소한 인간관계 때문인지 아니면 기억력이 나빠서인지

나는 그다지 많은 이름을 기억하고 있지 않았다.

심지어 내 휴대폰에 등록돼 있는

채 3백 명도 되지 않는 사람들의 이름 중에도

이제는 그 얼굴조차,

그와 어떤 인연으로 전화번호를 교환했는지조차

기억나지 않는 것도 꽤 있었다.

그러니 내가 그의 이름을 기억하고 있고

그도 나의 이름을 기억하는 경우는 더 적지 않을까.

호감을 담아 내가 그의 이름을 부를 수 있고

그가 나의 이름을 부를 수 있는 관계는 더 적지 않을까.

그렇게 점점 그 수가 줄어 갔다.

나와 '좋은 인연'을 맺고 있는 사람들의 수가.

현생에 옷깃이라도 한 번 스치기 위해선
전생에 3천 번 이상의 인연이 있어야 한다는 얘기,
꼭 그 얘기 때문이 아니라 하더라도
나는 인연이라는 것이 새삼 신기하다 느껴졌다.

세상은 참 넓고 사람들 또한 참 많다.
그런데 내가 기억하고 있는 이름은,
내가 호감을 담아 그의 이름을 부를 수 있는 관계는,
이다지도 적다니.

그들과 나의 인연이 새삼 신기하다 느껴졌다.
그리고 그런 생각 끝에 나는 조금 생뚱맞은 결론에 다다랐다.

조금 더, 잘 살아야겠다는 결론.

모든 인연에는 끝이라는 것이 존재하는 법.
나의 의도와는 상관없이 언제나 그 끝은 찾아온다.
그 끝이 당장 내일이든 일 년 후이든 몇십 년 후이든.
그래서 나는 조금 더, 잘 살아야겠다는 생각이 들었던 모양이다.

내가 그의 이름을 기억하고 있고 그가 나의 이름을 기억하고 있는,

내가 그의 이름을 부를 수 있고 그가 나의 이름을 부를 수 있는,

지금의 이 인연이 끝난 후에도

내가 그의 이름을 기억할 수 있기를,

그가 나의 이름을 좋은 인연으로 기억할 수 있기를….

그래서 나는 조금 더,

잘 살아야겠다는 생각을 했던 모양이다.

원고만 쓱 던져 주고 또 우스꽝스럽게 이별을 했다. 그런데 집에 돌아와, 함께 일한 동료들이 적어 준 롤링페이퍼를 펴 보니 이런 글이 있었다. '네 마지막 원고, 가방에 챙겼다.'

'음악선물 도착! 마이페이지 선물함에서 확인하세요.'

'나한테까지 보내 주고! 팬질도 돈 만만치 않게 들겠어!' 나의 답문에 선배 언니가 말했다. '장난 아니지. 콘서트 따라 다니랴, 각종 물품 구입하랴, 팬질도 돈 있어야 돼! 그래서 나 요즘 더 열심히 일하잖아! 크크크크.', '오, 팬질도 꽤 긍정적인 효과가 있는 걸?' 내 반응에 언니가 답했다.

'그럼, 우리 유천이에게 부끄럽지 않은 팬이 되기 위해서라도 더 열심히 살아야지!'

인정. 나는 그녀의 사랑을 인정하며 다시 한 번 무릎 꿇기로 했다. 참 많고도 많은 TV 속 사람들 중 딱 '그 사람'의 이름을 마음에 담게 된 그 인연을, 그 인연에 부끄럽지 않게 더 열심히 살 거라는 그녀의 사랑을 인정.

사랑은, 좋은 인연은, 결국 그런 게 아닐까 싶었으니까. 나를 조금 더 나은 사람으로 만들어 주는 것. 좀 더 나은 사람이 되고 싶다, 좀 더 좋은 사람이 되고 싶다, 먼 훗날에도 내 이름이 그 인연들에게 호감을 듬뿍 담아 부를 수 있는 이름이 될 수 있길….

'우리 유천이'에게 부끄럽지 않은 언니가 되길 바란다.
'나의 좋은 인연들'에게 부끄럽지 않은 내가 되길 바란다.

우리들은 모두
무엇이 되고 싶다.
너는 나에게 나는 너에게
잊혀지지 않는 하나의 눈짓이 되고 싶다.

그 시의 마지막 구절처럼 우리들은 모두 정말 그럴 테니까. 내 좋은 사람에게 잊히지 않는 좋은 이름, 좋은 인연, 하나의 눈짓으로 기억되고 싶을 테니까. 그러니 더, 잘 살아내고 싶다.

끝내 떠오르지 않는 그리움이 그리워

친구를 만났다.

아니, 이제 막 시작된 사랑에 정신 못 차리는 친구를 만났다.

그러니 참을 수 있었다. 만나자마자부터 몇 시간에 걸쳐 대놓고 자랑질, 하지만 마냥 좋은 건 아니라며 하소연하는 척하지만 가만 들어 보면 돌려 까기 자랑질, 참을 수 있었다. 아니 마땅히 들어줘야 할 의무감도 들었다. 고생 많았던 친구였으니까. 연애에 있어서는 산전수전, 볼 꼴 못 볼 꼴, 지지리 궁상, 고생 많았던 친구였으니까. 이 얼마 만에 찾아온 평화로운! 행복한! 연애란 말인가. 친구로서 마땅히 들어줘야 할 의무감도 들었다.

적당히 맞장구도 쳐주고 적당히 부러워도 해 주고. 대화가 다른 화제로 전환되기가 무섭게, 끝없는 되돌이표라도 단 양 금세 자랑

질로 화제를 되돌리는 친구의 놀라운 재능 또한, 이해할 수 있었다. 연신 방긋방긋, 눈 초롱초롱해서 신나게 떠드는 모습이 귀엽기도 하고 흐뭇하기도 해서 나도 뭐 괴롭지만은 않았으니까.

그런데 붕 들떠 있던 친구가, 갑자기 한순간에 푹 가라앉았다. 빵 빵했던 풍선이 이렇게 빠른 시간에 휙 바람이 빠져버릴 수도 있을까, 싶을 만큼 정말 한순간에 푹. 그리고 순식간에 일그러지는 얼굴.
"왜? 갑자기 왜 그래?"
너무나 갑작스러운 장면 전환에 당황한 내가 묻자, 친구는 한없이 애잔한 눈빛이 되었다. 그리고 이어지는 긴, 슬픈… 한숨 끝에 친구가 뱉은 말.

"보고 싶어."

잠깐의 멍….
그리고 내 의지와 상관없이, 내 의식과도 상관없이, 은연중 내 입에서 튀어나온 한마디.
"이런, 썅!"

둘 다 터졌다. 옆 테이블 사람들이 깜짝 놀랄 정도로 둘 다 터졌다. 웃음이 빵.

친구와 헤어져 집에 오는 길에도 자꾸만 웃음이 났다. 나쁜 년. 내

내 그 사람 얘기만 하더니, 결국 '보고 싶어'로 끝내? 아우, 못된 기집애. 어제도 봤다면서! 자꾸만 웃음이 났다. 친구의 닭살 짓 때문만이 아니었다. 내내 흐뭇한 마음으로 잘 들어주다 내가 욕을 뱉고 만 그 타이밍. 그게 어이없어 자꾸 웃음이 났다.

나는 사실 몇 시간에 걸친 친구의 자랑질을 들으면서도 그리 부럽지는 않았던 것 같다. 좋을 때다! 나도 그럴 때 있었지. 너도 이제 연애의 참 재미를 알게 됐구나. 경축! 뭐 그 정도뿐이었던 것 같다. 그래서 엄마 미소와 평온한 마음을 유지할 수 있었던 것 같은데, 그런데, 그건 좀… 부러웠나 보다. 그리움.

연애야 뭐, 하고 있을 수도 있고 안 하고 있을 수도 있고, 지금 내가 혼자라 해도 예전에 안 해 봤던 것도 아니고, 앞으로 영 못 할 거라 비관하고 있는 것도 아니니 상관없는데, 그건 좀… 부러웠던 거다. 그리움.

함께 있지 않을 때도 보고 싶다는 그리움. 이젠 만날 수 없는 상대일지라도 좋은 것을 보면, 좋은 음식을 먹을 때면, 좋은 곳에 갈 때면 떠오르는 그리움. 상대가 내 마음을 알든 모르든 일을 할 때도, TV를 볼 때도, 친구와 수다를 떨다가도 문득문득 떠오르는 그리움. 새벽녘 잠에서 깨 창밖을 바라보면 나도 모르게 떠오르는 얼굴, 그리움.

떠오르는 얼굴이 없다.

겨울이 오려나.
여자들은 눈이 내리면 누군가를 그리워하게 되니까.
가사가 맞나?
옛 노래를 내 맘대로 흥얼거리며 창밖을 본다.

끝내 떠오르지 않는 그리움이, 그리워.

간사한 마음

이렇게 돼버릴 것을,
나는 분명 알고 있었을 것이다.

한 달 넘게 이어진 지인들과의 여행. 출발한 지 고작 며칠도 되지 않아 나는 집이 그리워졌다. 정확히 말하면, '혼자'가 그리워졌던 것 같다. 혼자 사는 사람들은 대부분 이런 것에 익숙해져 있다. 내가 먹고 싶을 때 먹고, 씻고 싶을 때 씻고, 자고 싶을 때 자기. 하지만 일행이 있는 여행에선 모두 쉽지 않은 일. 때가 되면 썩 내키지 않아도 밥을 먹어야 한다. 때론 별로 달갑지 않은 음식도 일행들의 기쁨에 누가 되지 않도록 맛있는 척 먹어야 한다. 숙소마다 욕실이나 화장실이 사람 수대로 있는 것도 아니니 불편할 수밖에 없고, 컨디션이 별로인 날도 웬만하면 공동일정을 소화하도록 노력해야 하며, 그것을 위해 잠도 계획적으로 자야 한다. 하루 이틀도 아니고 한 달이 넘는 공동생활은, 아무리 친한 친구와 함께여도 불편함이 있을 수밖에 없다.

하지만 그 정도는 당연히 예상했던 일이었고, 충분히 감수할 수 있는 일이었다. 문제는 이럴 때였다. 그냥 혼자 있고 싶을 때. 기분이 나빠져서도 아니고, 일행들에게 불만이 생겨서도 아니고, 그냥 어느 순간 문득 혼자이고 싶을 때. 그 누구와도, 아무 말도 하지 않고, 그저 내 안으로 숨고 싶을 때.

"저는 그냥, 여기서 내릴까 봐요."
한번은 일행들과 함께 버스를 타고 가다, 혼자 내려버린 일도 있었다. 저녁에 숙소 근처 식당에서 다시 만나기로 하고, 나는 버스에서 내렸다. 그리고 그날 나는 길을 잃었다. 말도 안 통하는 낯선 땅에서 두 시간가량을 혼자 헤매는데, 다리도 아프고 두렵기도 하고 무엇보다 외로웠다. 그런데 싫지 않았다. 오랜만에 찾아온 외로움이 도리어 나는 반갑기까지 했던 것 같다.

여행이 계속될수록 그런 순간은 더 잦게 찾아왔다. 그냥 혼자 있고 싶은 순간. 부러 혼자 산책도 나가고, 부러 혼자 숙소에 머물며 책을 보기도 하고, 부러 혼자 다른 일정을 계획하기도 하고, 그래서였다. 자꾸만 혼자의 시간을 가지려 애썼던 것. 그렇게 시간은 흘러갔다. 어느덧 한 달이 넘는 시간이 훌쩍 흘러 나는 다시, 온전히 혼자가 됐다. 그토록 그리워했던 나의 집. 나만의 집. 나만의 시간. 그런데 참 희한한 노릇이다.

'우리집이 이렇게 컸던가?'

문을 열자마자 제일 먼저 들었던 생각. 그래도 짐을 풀고, 오랫동안 비워 뒀던 집을 정리하고 치우고, 누적된 피로에 자고 또 자고, 하루 이틀은 정신없이 지나갔다.

그리고 삼 일째 아침.
눈을 뜨자마자 나는, 짜증이 났다.

나는 알고 있었다.
이렇게 돼버릴 것을 말이다.

그런데도 여행 내내 나는 그토록 혼자가 그리워 애타했던 거다. 결국 다시 이렇게 외로워할 거였으면서. 너무 외로워 여럿을 그리워하게 될 거였으면서. 어쩌면 계속 여럿과 함께 북적이며 지내다 갑자기 혼자가 돼 더 외로웠는지도 모른다. 아니면 나는 그냥, 이렇게 생겨 먹은 애인지도 모른다.

여럿이 있으면 혼자가 그립고
혼자 있으면 여럿이 그리운.

외롭지 않을 때는 외로움이 그립고
외로울 때는 또 그 외로움이 지긋지긋한.

이곳에 있을 때는 그곳이 그립고
그곳에 있을 때는 이곳이 그리운.

왜 그 반대일 수는 없는 걸까. 여럿과 있을 때는 여럿이어서 좋아. 혼자 있을 때는 혼자여서 좋아. 이곳에 있을 때는 이곳이 좋고, 그곳에 있을 때는 그곳이 좋아. 그렇게만 된다면 매일매일이 더할 나위 없이 즐거울 텐데, 어찌나 간사하고 바보 같은 마음인지 나는 짜증이 나고 말았다. 항상 '지금의 나, 지금의 내 상황'이 아닌 것만을 그리워하는 '내 마음'에.

엄마의 김치

엄마와 함께 살 때도 나는, 엄마 얼굴을 자주 볼 수 없었다. 10년 가까이 라디오 밤 프로그램을 했던 탓에, 언제나 나는 엄마가 이미 잠든 늦은 밤에나 집에 들어갔고, 일어나 보면 엄마는 이미 나가고 없었다. 집에서 엄마와 얼굴을 마주하고 밥을 먹는 일도 별로 없었다. 오후에나 일어나면 언제나 출근하기 바빴고, 저녁은 방송국에서 먹었고, 늦은 밤 집에 돌아와 먹는 야식을 엄마와 먹을 순 없었으니까. 가끔 엄마와 저녁을 먹을 때라곤 거의 집안 행사였던 것 같다. 엄마 아빠 그리고 언니네 둘, 오빠네 둘, 어린 조카가 넷이나 되는 가족 모임은 언제나 난장판이었다. 그러니 내가 엄마와만 단둘이 마주하고 밥을 먹는 일은 거의 없었다. 근 10년 동안.

그런데 독립 후 오히려 잦아졌다. 2주에 한 번씩은 엄마집에 가니 그때마다 엄마와 단둘이 마주 앉아 밥을 먹게 됐고 그때마다 나는,

짜증이 났다.

"이걸 나 혼자 어떻게 먹어?"

둘이 먹는 밥상인데, 언제나 대가족 밥상이었기 때문이었다.

"제발 하나만 해요, 하나만. 고기면 고기, 찌개면 찌개, 생선이면 생선, 잡채면 잡채. 한 번에 하나씩만! 이걸 다 내가 어떻게 먹어."

나는 언제나 엄마의 푸짐한 상차림이 불만이었고, 엄마는 언제나 내가 많이 먹지 않는 것을 섭섭해했다. 하지만 한 사람이 한 끼에 먹을 수 있는 양은 한계가 있다. 엄마의 밥상은 언제나 그 한계를 훨씬 훨씬 초과한 양이었다. 그리고 돌아올 때는 또 언제나 싸워야 했다.

"집에서 밥 거의 안 먹는다니까? 다 썩어서 버려."

엄마랑 살 때도 집에선 밥을 거의 안 먹던 내가, 독립하고 밥을 해 먹겠냐는 말이다. 가끔 라면 먹을 때 필요한 김치 외에는 아무것도 가져가고 싶지 않았다. 하지만 엄마가 싸 주는 반찬은 언제나 너무 많았고, 들고 가기도 무거웠고, 언제나 상해 버려야 했으며, 음식물 쓰레기 버리는 것도 귀찮고, 버리면서도 괜한 죄책감이 들었다. 그러니 나는 언제나 엄마가 싸 놓은 반찬을 덜어내려 했고, 그때마다 섭섭해하는 엄마와 다투다 보면 내가 또 나쁜 자식인 것 같아 더 짜증이 났다.

그런데 얼마 전 엄마가 입원을 했다. 작년부터 큰 병은 아니지만 지속적인 관리가 필요한 병을 몇 가지 진단받은 터였는데, 이제 어느덧 할머니 나이가 돼버린 엄마이기에 조금만 무리를 해도 이렇게 입원하는 일이 생겨버리는 거였다.

"넌? 넌 밥 먹었니? 반찬 하나도 없을 텐데…."

죽을 사 들고 병원에 들락거리는 나를 보고 엄마는 또 반찬 타령을 했다. 입원해 누워서까지 반찬 타령을 하고 있는 엄마를 보고 있자니 나는 또 짜증이 났다.

"지금 내 반찬 걱정할 때야? 엄마 몸이나 얼른 나아!"

그리고 돌아오는 길엔 더 화가 났다. 왜 엄마는 나를 꼭 나쁜 딸로 만들어버리는지, 그게 또 화가 났다.

다행히 엄마는 곧 퇴원했지만, 아직 몸이 온전치 못한 상태라 절대 무리하면 안 된다고 의사는 여러 차례 강조했다. 그런데 며칠 후 김치가 떨어져 엄마집에 갔더니 또! 상다리가 부러져라 밥상을 차려 놓은 거다. 오늘은 그냥 밖에서 먹자고 몇 번이나 말했는데 또!

이 더운 여름날, 전기세 아깝다고 혼자 있을 땐 에어컨도 안 틀면서 하루 종일 더운 부엌에서 지지고 볶고 이 음식들을 하고 있었을 엄마를 생각하니,

"오늘은 밖에서 먹자고 했잖아!"

나는 또 버럭 화가 났다.

"반찬 다 떨어졌을 텐데, 어차피 그거 해야 되니까…."

김치만 가져오면 된다고 몇 번이나 말했는데 반찬도 한 짐 해 놓은 엄마.

"나 이거 다 안 가져가. 내가 아예 안 가져가야 다음에 안 하지."

"다음에는 진짜 안 할 테니까, 이번 건 그냥 가져가. 이미 해 놨으니까."

엄마의 그 말에 나는 더 화가 나고 말았다.

"저번에도 그랬잖아! 저번에도, 저번에도, 저번에도! 내가 반찬 하지 말라고 백 번도 넘게 말했는데 맨날 또 하잖아. 나 진짜 안 가져가. 아무것도 안 가져가!"

"너는 애가 왜 이렇게 못됐니! 엄마가 하루 종일 고생해서 해 놨으면 그냥 가져가서 맛있게 먹으면 좋잖아!"

"그러니까 엄마도 고생 안 하고, 나도 고생 안 하고, 엄마가 아무것도 안 하면 되잖아!"

결국 밥상머리 앞에서 엄마와 나는 큰소리로 다투기 시작했다.

그러다 엄마가 먼저 홱 등을 돌리고 말을 멈췄다. 그리고 한참의 정적.

"엄마….."

나는 너무 속이 상했다.

"엄마, 나는 엄마가 오래오래 건강하게 살았으면 좋겠어. 나는 정말 다른 건 필요 없고, 엄마가 담가 준 김치는 오래오래 먹고 싶어."

그렇게 입 밖으로 튀어나온 나의 진심.

"그러니까 나 온다고 하루 종일 부엌에서 고생하지 말고, 차라리 나가서 운동도 하고 놀아. 그렇게 관리 잘해서, 오래오래 살면서 오래오래 김치 담가 주면 안 돼?"

하지만 이 말은 하지 말 걸 그랬다.
"나중에 돈 주고 김치 사 먹게 되면 내가 얼마나 슬프겠어!"

나는 결국,
엄마를 울리고 말았다.
나는 그날 결국,
엄마가 해 놓은 반찬을 모두 바리바리 싸 들고 돌아와야 했다.

하지만 작은 냉장고 가득 엄마의 반찬을 채워 놓고 나니 또 한숨
이 나왔다.
'아… 이걸 언제 다 먹어.'
그러면서도 후회가 됐다.
'나중에 버리더라도 그냥 아무 말 없이 가져왔으면 좋았잖아.'
역시 나는 못된 자식이구나 싶어서.

그러다 이번엔 내가 찔끔 눈물이 났다.
정말 너무 슬플 것 같았다.
나는 이렇게 못된 자식이라 너무 슬플 것 같았다.
정말 언젠가, 돈을 주고 김치를 사 먹는 날이 오면, 정말….

학교 앞 허름한 노래방

학교 앞 허름한 노래방.

설마 아직도 있을까 싶었는데, 아직도 있었다.

오랜만인 친구와 오랜만에 학교 앞에서 만나 농담처럼 그 노래방 얘기가 나온 건데, 십여 년 전에도 허름하고 지저분했던 그 노래방이, 아직도 허름하고 지저분한 모습 그대로, 그 자리에 있었다.

오래 묵은 담배 냄새와 술 냄새가 싸구려 방향제 냄새와 뒤섞여 진동하던, 집에 와서 샤워를 해도 코끝에서 그 냄새가 사라지지 않던 그 노래방은, 여전히 그 냄새를 간직하고 있었고, 여전히 가격은 말도 안 되게 쌌고, 여전히 서비스 시간 또한 끝없이 들어왔다.

그러니 자연스레 여러 기억들 또한 동시에 밀려왔다. 몇 번 방에서 동기 녀석 하나가 술에 취해 천장 형광등을 부쉈던 일, 각각 다른 일이 있다며 술자리에서 사라졌던 두 친구가 어느 방에서 뽀뽀하고 있다 들켜 공식 커플로 거듭났던 일. 카운터 앞 커피 자판기 앞 의자에 앉아 술 취한 친구의 끝도 없는 넋두리를 들어주며 '왜 하필 나는 지금! 커피를 마시고 싶었던 말이던가.' 자책과 짜증을 반복했던 밤.

그래서 선곡도 자꾸 십여 년 전으로 돌아갔다. 그 시절 댄스곡이 이렇게 느렸나 신기해하며, 그땐 이 노래 누가 맨날 불러서 너무 지겨웠는데 오랜만에 들으니 반갑네. 수다 떨랴 노래하랴 정신없던 한 시간이 지나고 나니 친구도 나도 기운이 쭉 빠졌지만, 여전히 끝도 없이 들어오는 서비스 시간. 팔팔했던 이십 대 초반에도 이 사장님을 이겨 본 적이 없다. 언제나 결국은, 우리가 졌습니다, 시간을 남긴 채 나와야 했다. 그러니 어차피 이길 수 없다는 걸 알면서도, 이대로 자릴 털고 일어나는 건 또 뭔가 아쉬워, 축 늘어진 채 에너지 소비 적은 노래들을 읊기 시작했는데, 그때였다.

어, 이 노래!
우리의 애창곡이었던 노래. 부르면서도 들으면서도 늘 가슴 아파했던 노래. 무슨 노래가 이렇게 슬퍼! 짜증내 하면서도 늘 선곡했던 노래. 그 노래의 전주가 흘러나왔다. 친구는 노래를 불렀고, 나는 찬찬히 노래방 화면에 지나가는 가사를 따라갔다. 마지막 한 글자까지, 마지막 한 음까지, 둘 다 그렇게 모니터만 보고 있었던 것 같은데, 요란스런 팡파르 소리에 깜짝. 그제야 서둘러 정지 버튼을 누르며, 친구가 말했다.

"풋풋하다, 야."

웃음이 났다. 나도, 같은 생각을 하고 있었으니까. 가사가, 어찌나 풋풋한지 슬프기는커녕 엄마 미소가 지어졌다. 우리가 그토록 가슴 아파하며 들었던, 불렀던 그 노래가 이제는 풋풋하게만 느껴지다니.

"우리도 늙었나 봐."
"그러게."

집에 오는 길, 자꾸만 그 노래가 떠올라 흥얼흥얼. 역시나 슬프진 않고 풋풋하기만 했다. 거리에서 그 노래의 전주만 들어도 눈물이 핑 돌던 시절이 있었는데, 이젠 너무 풋풋하게만 느껴져 피식피식 자꾸만 웃음이 났다.

어쩌면 정말,
우리도 이제 제법 나이를 먹었기 때문인지도 모른다.

쉽게 달뜨고 깊게 아파했던 풋풋한 사랑과는
우리의 나이가 이미 너무, 멀어졌기 때문인지도 모른다.

하지만 어쩌면 그저,

시간이 흘렀기 때문인지도 모른다.

나이를 먹었다고 해서 사랑을 꿈꾸지 않는 것도 아니요, 실연이 아프지 않은 것도 아니요, 지금도 여전히 어떤 노래에는 가슴이 욱신 슬퍼지곤 한다. 그러니 어쩌면 그 노래만이, 추억이 된 것일지도 모른다. 그 노래의 전주만 들어도 눈물이 핑 돌던 시절엔, 그 얼굴만 떠올려도 눈물이 핑 돌던 사람 또한 있었다. 그 아픔은 언제까지나 계속될 것만 같았던 시절.

그런데 시간이 흘렀다. 별다른 일이 있었던 것도 아니고, 별다른 노력을 했던 것도 아닌데, 그저 시간이 흘렀고, 시간이 흐른 것만으로 영원할 것만 같았던 아픔도 이토록 풋풋해질 수 있다니. 어쩌면 조금은 씁쓸한 일인지도 모른다. 하지만 조금은, 위안도 되는 기분이었다.

지금도,
시간은 흐르고 있는 거니까.

아무리 아파도,
시간은 흐르니까.

어쩌면 가능할지도 모른다.
언제까지나 계속될 것만 같은 지금의 이 아픔 또한 언젠가는.

이제는 전혀 슬프지 않은,

풋풋하게만 느껴지는 그 노래처럼 언젠가는.

어쩌면, 언젠가는.

우리의 전성기는 언제였을까

나보다 스무 살 가까이 많은 오십 대 초반의 어른들과 식사를 하게 됐다. 제법 즐거웠다. 이젠 나도 어디 가서 어린 축에는 끼기 힘든 나이가 됐는데, 오랜만에 느껴 보는 막내의 기쁨. "쪼그만 게 어디서! 넌 아직 어려서 몰라." 어리다는 것으로 구박당해 보는 것도 얼마 만인지! 더 어린 척, 더 아무것도 모르는 척. 나는 막내의 기쁨을 만끽하고 있었다. 그토록 제법 어린 내가 끼어서인지, 대화 주제는 자연스레 그분들의 젊은 날의 회상 쪽으로 흘러갔다. 그러다 튀어나온 화두.

"우리의 전성기는 언제였을까?"

자신의 인생에서 가장 좋았던 시절을 돌아가며 이야기하기.
한 남자분은 초등학교 5학년 때라 했다. 그때는 인물도 좋았고 공부도 잘한 데다 촉망받는 야구선수였는지라, 여자애들이 하루에 한 명씩 와서 고백했다며, "그때 연애 좀 실컷 할걸! 공부해야 한다고 다 거절했다? 그때가 전성기였단 걸 알았으면 안 그랬을 텐데!" 한 여자분은 대학 시절을 꼽았다. "남자가 끊일 날이 없었어요!" 언제나 나 좋다는 남자가 줄 서 있던 그 시절에 더 신중히 남편감을 골랐어야 했다며 우스갯소리를 하셨고, 다른 남자분은 삼십 대 초반을 전성기로 기억하고 있었다. 가장 열심히 일했고, 그만큼 인정도 받았던 그 시절이 가장 열정 넘치던 행복했던 시기였던 것 같다고.

장난 반, 진담 반처럼 진행되던 각자의 전성기 얘기. 그러다 눈길이 내 쪽으로 쏠렸다.

"너는? 너는 네 인생의 전성기가 언제였던 것 같니?"

그때 나는 생뚱맞게도 며칠 전 보고 온 콘서트가 떠올랐다. 넘치는 에너지와 넘치는 재기, 넘치는 자신감과 넘치는 열정. 그의 무대를 보고만 있는 나조차도 손끝이 찌릿할 정도로 그는, 최고의 순간을 누리고 있는 듯 보였다.

"어떤 기분일지 궁금해요."

함께 공연을 봤던 후배가 말했다.

"지금이 나의 전성기구나, 그도 느낄까요? 어떤 기분일까요? 우리한테도 올까요? 전성기란 것이 과연?"

자못 진지한 후배에게, 나도 모르게 튀어나와 버린 농담.

"지나가 버렸으면 어떡하지? 우리도 모르게 우리의 전성기는 이미 지나가 버린 거면?"

　그건 정말, 농담이었다. 나는 그렇게 생각하고 싶지 않으니까. 나도 모르는 새 나의 전성기가 지나가 버린 거라면, 그처럼 억울한 일도 없을 테니까. 그리고 나는, 그 콘서트의 주인공 또한, 지금 자신이, 전성기를 살고 있다 생각하지 않길 바랐다. 나는 오히려 기대가 됐다. 그가 지금보다 앞으로 더, 어떻게 어떤 방향으로 성장해 갈지 지켜보고 싶었다. 점점 더 성장해 가는 그의 모습을 지켜보는 일은 무척 즐거운 일임과 동시에, 나에게도 자극이 되어 줄 것 같았으니까.

"그래서 너는? 네 인생의 전성기는 언제였냐니까!?"
　딴생각에 대답이 늦어진 나를 빤히 바라보고 있는 어른들.
"아직… 안 온 것 같은데요?"
　정적. 나를 빤히 보는 어른들 머리 위로 수많은 말풍선들이 떠 있는 느낌. 그리고 그 말풍선들은, 이 한 문장으로 정리되는 듯 느껴졌다.
'역시, 너는 아직 젊구나!'

　하지만 나는 싫다.
　언제나 과거의 추억만을 되새김질하며 살고 싶진 않다.

　우리 엄마의 소원은 아직도 내가 의사가 되는 것이다. 가난한 집

안에, 아들도 아닌 딸이라는 이유로 학업을 중단해야 했던 엄마는, 내가 아주 어렸을 때부터 본인의 꿈을 내가 이뤄 주길 바라셨다. 그리고 아직도 포기하지 못하셨는지, 명절 때면 나를 앉혀 놓고 지금도 늦지 않았으니 다시 공부해서 의대에 가면 어떻겠니, 나이가 문제라면 한의대는 괜찮지 않겠니, 서른을 훌쩍 넘긴 딸에게 아직도 다른 꿈을 꾸신다. 그때마다 나는 똑같이 대답한다.

"엄마, 그게 그렇게 소원이면 엄마가 해. 엄마도 늦지 않았어. 내가 등록금 대 줄게."

그때마다 엄마는 내게, 똑같은 욕을 하신다. 그러면 나도 웃으며 나 대학 다닐 때 일흔 넘은 할머니랑 같이 수업 들은 이야기를 또 한다. 백발 머리로, 구부정한 등에 책가방을 메고 강의실을 찾아가시던 할머니의 모습이, 나는 정말 좋아 보였다. 하지만 그 할머니 얘기가 나오기 무섭게 엄마의 입에선 또, 똑같은 욕이 흘러나온다.

물론 엄마에게 하는 나의 말은 당장의 잔소리를 피하기 위한 농담이지만, 실은 작은 진심 또한 담겨 있는 말이다. 나는 마흔이 돼도, 쉰이 돼도, 환갑을 지나 엄마 나이가 돼도, 꿈을 갖고 살고 있었으면 좋겠다. 내 인생의 전성기는 아직 오지 않은 거라 믿으며 살고 있었으면 좋겠다. 과거의 추억만을 되새김질하며 사는 것도, 이제 내 꿈은 없고 자식에 대한 기대만이 남은 삶도, 나는 싫다.

"당신을 정말 사랑해. 하지만 내게는 당신보다 더 사랑하는 사람이 있어. 바로 내 자신."

정체하고 있는 자신을 참을 수 없어, 자신의 꿈을 위해 사랑을 떠나는, 드라마 '섹스앤더시티'의 사만다. 그때 그녀의 나이는 오십이었다.

물론 드라마 속 얘기다. 심지어 우리나라 드라마도 아니다. 어쩌면 현실에서 그 나이에 그런 생각을 한다는 건, 누군가에겐 세상 물정 모르는 철이 덜 든, 좀 모자란 사람으로 비칠지도 모른다. 하지만 나는 드라마 같은 이야기일지라도, 정말 꿈같은 이야기일지라도, 그렇게 살고 싶다. 마흔이 돼도, 쉰이 돼도, 환갑을 지나 엄마 나이가 돼도, 지금 또한 더할 나위 없이 안정되고 행복한 삶을 살고 있다 할지라도, 이렇게 말하고 싶다.

"제 전성기는 아직, 안 온 것 같은데요?"

그래야 또, 꿈을 꿀 수 있을 테니까.
그래야 더, 나아갈 수도 있을 테니까.
그래야 앞으로 또한 열심히, 잘, 살고 싶단 열정이 계속될 테니까.

젊은 우리 사랑

나는 참 이런 게 귀찮다.

'1개의 업데이트 목록이 대기 중입니다. 지금 업데이트하시겠습니까?'

이럴 때 나는 꼭 '다음에 하기'를 클릭한다.

오늘은 약속이나 한 것처럼 각종 소프트웨어 업데이트 안내가 동시에 뜨며 참 여러 번도 묻는다. 나는 다음에, 다음에, 다음에를 연신 클릭했다. 그런데 가만 보니 '다음에' 옆에 이런 선택이 가능한 것도 있었다. '이 업데이트에 대한 안내를 다시는 묻지 않기.' 어차피 다음에 역시 '다음에'를 클릭할 내가 이상하게 '다시는 묻지 않기' 앞에서는 주저하고 있었다. 꼭 '영원히, 다시는 묻지 않기' 같아서. '영원히'란 말 앞에선 번번이 약해지고 마는 나. 결국 '다음에 하기'를 클릭하고 음악을 재생시켰다.

좋아하는 뮤지션의 새 앨범이 나왔으니 오늘 플레이 리스트는 고민할 여지가 없다. 몇 번쯤 돌고 나니 어느새 나는 새 노래들을 흥얼흥얼 따라 부르고 있다. 그런데 몇 번쯤 돌고 났을까. 불현듯 귀에 들어온 가사 한 줄.

젊은 피가 젊은 사랑을 후회할 수가 있나.
나도 뭐가 뭔지 모르겠는데.

같은 노래를 다시 한 번 재생시켰다.

젊은 사랑 그것은 너무도 잔인한 것.
어린 맘에 몸을 실었던 내가 더 잔인한가.
모든 게 잘못돼서 죽어버릴 듯 위태롭던 우리 일 년은
눈물과 거짓말이 배어 나오던 수많은 상처들만 남겼다.

잔인한 젊은 사랑, 죽어버릴 듯 위태롭던 젊은 사랑 끝에도 '젊은 피가 젊은 사랑을 후회할 수가 있나.' 후회하지 않는 이 친구가 나는 참 쿨하다 생각됐다. 게다가 마지막 가사엔,

그래도 나는 상관없는걸. 정말로 아무 상관 없는걸.

될 대로 되고 망해도 좋은걸. 내가 정말 사랑했던 사람은.

이렇게 마침표를 찍었으니 '이 친구는 참 쿨하구나.' 나는 정말 그렇게 생각됐다.

나는 정말, 그럴 수 없었으니까. 자다 깨서도 문득 한숨이 나오곤 했다. 길을 걷다가도 문득 화가 나곤 했다. 바쁘게 일을 하다가도 문득 부끄러워져 얼굴이 발개지곤 했다. 꽤 오랜 시간, 어쩌면 지금까지도 나는 후회가 됐다. 젊은 사랑, 나도 뭐가 뭔지 몰라 어설펐던 젊은 사랑이 불현듯 떠오르는 날엔 어김없이 후회가 됐다. 젊은 날의 내 어설픔, 깨끗이 지워버릴 수 있다면 지워버리고도 싶었다. 내 머릿속에서도, 상대의 머릿속에서도.

젊은 피가 젊은 사랑을 후회할 수가 있나.

그런데도 이 노래가 자꾸만 나를 붙잡았다. 결국 한 곡 반복을 클릭했다. 시간도 멈추고, 세상도 멈췄는데, 이 노래 한 곡만이 끊임없이 재생되고 있는 듯한 비현실적인 느낌 속에서 나는 같은 노래를 듣고 또 들었다. 그렇게 몇 번이나 들었을까. 딩동, 눈앞에 떠오른 소프트웨어 업데이트 창에 깜짝 놀라 나는 다시 현실로 돌아왔다.

'지금 업데이트하시겠습니까?'
현실에서는 세 가지 선택이 나를 기다리고 있었다.

'지금 하기', '다음에 하기', '이 업데이트에 대한 안내를 다시는 묻지 않기'

나는 또 망설이고 있었다. '다음에 하기'와 '다시는 묻지 않기' 사이를 헤매고 있는 마우스 화살표. 하지만 끝내 내가 선택한 것은, '다음에 하기'였다. 어쩌면 나는 이런 인간인가 보다.

지금은 싫다.
다음에 하기로 미룬다.
하지만 다시는, 영원히 묻지 않기 앞에선 망설인다.

어쩌면 나는 그 또한 두려운지도 모르겠다. 다시는 묻지 않는 것, 다시는 떠오르지 않는 것, 그것이 다시는 영원히 떠오르지 않는 것 또한 나는 두려운지도 모르겠다.

죽어버릴 듯 위태롭던 젊은 사랑.
하지만 젊은 사랑을 후회할 수 없는 오직 젊은 피였기에 가능했던, 지난, '젊은 우리 사랑'이.

2

우리가 끊임없이 ————————

　　　　타인을 찾아 헤매는 이유

너무 많은 일기장

"목요일 저녁? 그래, 그러자!"

친구와의 전화를 끊고 책상 위 달력 목요일 칸에 '7시 저녁, Y'라고 적는다. 적고 보니 오늘 일정은 안 적혀 있다. 휴대폰 스케줄 캘린더를 열고 오늘 일정을 확인한 다음 달력에 적는다. 그리고 목요일 새롭게 잡힌 약속은 휴대폰에 적는다. 작업을 하려고 노트북을 켠 다음 가장 먼저 하는 일도 노트북 스케줄러를 확인하는 일. 휴대폰을 노트북과 연결하면 그 내용이 연동되긴 하지만 아무래도 시시콜콜 좀 자세한 건 노트북으로 쓰는 게 편하니까.

그다음은 트위터를 열어 밀린 잡지를 읽듯 타임라인을 확인하고, 그다음은 친구들이 많은 페이스북을 열어 친구들의 요즘을 훔쳐보고, 그다음엔 내 블로그 차례. 하… 맘에 들지 않는다. 몇 년 동안 부지런하게는 아니지만 그래도 미니홈피란 곳에 글과 사진을 게시하다 여러모로 블로그가 더 좋다 하여 싸이 블로그를 시작하긴 했으나, 미니홈피의 옛 기록들을 다 옮겨 오진 못했다. 근데 또 귀는 얇아서 요즘은 싸이보단 다른 사이트 블로그가 대세라는 친구들 말에 귀가 팔락팔락 다른 블로그도 두 개나 더 개설했는데, 역시 나는 어느 하나 제대로 관리하지 못한다. 그러니 여기저기 칠렁팔락 미친년 널뛰듯 흩뿌려져 있는 나의 기록들.

책을 읽다 자려고 스탠드를 켜고 침대에 누우면 종이 다이어리가 눈에 들어온다. 휴대폰이나 노트북 스케줄러를 쓰기 전엔 항상 종이 다이어리를 사용해 왔으니 올해 치도 이미 시작한 상태고, 또 한 해 한 해 한 권 한 권 쌓여 이제 제법 양이 되는 다이어리 서랍에 올해 것이 빠져 있으면 섭섭할 것 같기도 하고, 그러니 종이 다이어리도 포기 못해 밀린 종이 다이어리의 공백까지 채우고 나니, 내가 지금 뭐하고 있는 건가 싶다.
게다가 스마트폰을 쓰면서부터는 가계부가 따로 생겼고, 독서 목록과 간단한 감상평을 적는 독서 일기도 따로 생겼고, 자전거와 조깅 코스가 지도로 표시되고 칼로리와 이동 거리까지 자동으로 기재되는 운동 일기까지 따로 생겼다. 이 뭐, 일기장의 난립이다.

영화를 봤다. 오랜만에 내 맘에 쏙 드는 영화. 지금 내 마음을 기록하고 싶었다. 그런데 문제가 생겼다. 도대체 어디에 기록해야 하는 거지? 책상 위 달력, 휴대폰과 노트북 스케줄러, 침대 옆 종이 다이어리, 트위터, 페이스북, 나의 블로그 1, 2, 3. 아, 놔. 이쯤 되니

머리만 어지럽고 귀찮다. 결국 나는 이불 뒤집어쓰고 그냥 잠이나 자자, 했다.

도대체 뭐가 문제인 걸까. 자꾸만 새로운 기록 창구들은 생겨나는데 그때마다 제때제때 짐 제대로 싸서 후딱 자리를 옮기지 못하는 게으른 내가 문제인 걸까. 한 곳에 나의 모든 기록이 쫘르륵, 뭔가 방법이 있는데 워낙 평소 삶이 어리바리한 나라서 나만 잘 모르는 걸까. 아니면 남들은 새로운 창구가 생겨날 때마다 요모조모 잘 따져 장점들만 쏙쏙 빨아먹는 자신만의 스킬로 별 불만 없이 이것저것 다 잘만 사용하는데 워낙 멀티플레이가 안 되는, 좀만 복잡해져도 아우 귀찮아! 나동그라지고 마는 내가 문제인 걸까.

몇 년 전 다이어리 노트를 꺼내 봤다. 빽빽하고 꼼꼼한 기록은, 물론 아니었지만 그래도 그 안에는 다 있었다. 난 그때 어떤 이들을 자주 만났는지, 어떤 책과 어떤 영화에 열광하고 짜증내 했는지, 무슨 생각을 하며 살고 있었는지, 누굴 좋아하고 누굴 미워하며 살았는지, 심지어 뭘 자주 먹었는지까지, 그 한 권 안에 나의 한 해가 담겨 있었다. 하지만 이제 나에겐 제대로 된 나의 기록, 나의 일기장은커녕 앨범도 없다. 디지털카메라나 휴대폰으로 찍은 사진들 가운데 몇 개만, 그것도 이젠 무슨 사진을 어디에 올렸는지 제대로 기억도 못 할 만큼 여기저기 아무렇게나 인터넷 사이트에 올리고, 언젠가부터는 것도 귀찮아 찍기만 하고 컴퓨터 폴더 안에 처박아 놓은 사진들이 수두룩.

조석의 만화 '마음의 소리'였던 것 같다. 온라인 친구 100명, 현실 친구 0명. 꽤 오래전 그 에피소드를 보며 나는 좋아라 낄낄 웃어댔던 것 같은데…. '깊은 밤 뜬눈으로 지새우게 생겼는데 전화번호부를 열어 본다. 가나다순으로 줄 세우니 삼백 명쯤 되는구나. 나는 정말 복이 많다. 이렇게 아는 사람 많구나.' 장기하와 얼굴들의 노래를 흥얼거리며 나는 왠지 좀 쓸쓸해져버렸다.

내 마음을, 내 생각을, 내 일상을 기록할 일기장은
여기저기 참으로 많은데, 너무나 많고도 많은데….
내 진심, 내 진실, 내 자신은 어디에 기록해야 하나
우왕좌왕 갈팡질팡 어지러워하다,
이불을 뒤집어쓰고 에이 잠이나 자자, 귀차니즘이 돋는다.

내 마음을, 내 생각을, 내 일상을 어디든 툭 내뱉긴 참 쉬운데….
내 진심, 내 진실, 내 자신은
'앉아 봐 봐. 그리고 좀 찬찬히 들어 봐 봐.'
어디에 털어놓아야 할지 몰라 우왕좌왕 갈팡질팡 에이 잠이나 자자,
이불을 머리끝까지 올리곤 노래를 흥얼거리며 잠을 청한다.

잠깐 잠깐만이면 되겠는데,
한잔 딱 한잔이면 되겠는데,
가나다순으로 보다 보니 일곱 번쯤 돌았구나.
나는 정말 복이 많다. 이렇게 아는 사람 많구나.

나는 참 평범하구나

예능 프로에 한 소설가와 그의 아내가 나왔다. 괴짜 예술인이라 불리곤 하는 소설가. 그의 범상치 않은 행적들이 소개되고, 그때마다 그의 부인이 얼마나 당황스러웠는지를 얘기하며 깔깔깔깔.

"이 양반은요, 오늘 차가 갖고 싶다, 그럼 글이 더 잘 써질 것 같다, 하면 다음 날 아침 눈 딱 떴을 때, 그 차가 집 앞에 예쁘게 놓여 있길 바라는 사람이에요. 근데 하루는 배를 사 달라는 거예요. 예, 타는 배요. 그 비싼 거. 아무리 계산기를 두드려 봐도 답이 없는데."

그래도 착한 아내는 화천호에 나가 봤단다. 배가 몇 척 떠워져 있기에 관공서에 줄을 대, 혹 그 배를 좀 빌릴 수 있냐 물었단다. 이 호수를 배경으로 소설이 나오게 되면 관광 마케팅에도 도움이 되지 않겠느냐 사람들을 설득했고, 흔쾌히 배를 빌려주겠단 그들 말에 기분 좋게 집에 돌아왔는데,

"근데 이 사람이 그건 싫다는 거예요. 내 배가 갖고 싶다고!"

"아니, 저도 배가 그렇게 비싼 줄은 몰랐어요…."

소설가는 잠깐 변명하는 듯하더니,

"근데 아무리 생각해도 행정선 타고 글 쓰는 건 아니잖아요. 저는 내 배가 갖고 싶다고요! 진짜 배만 사 주면 엄청난 예술 하나 나올 것 같은데!"

어린애처럼 웃는다. 사람들도 깔깔깔깔. 나도 따라 깔깔깔깔. 그 뒤로도 소설가의 괴짜 기질에 대한 고발은 이어졌다.

"술 마시고 방바닥에 먹으로 쓱쓱 그림을 그려요. 그러곤 이거 정말 대단한 예술 작품이라며 빨리 장판을 오려 놓으래요? 그럼 전 또 진짜 오리거든요? 근데 다음 날 아침 일어나면 뭐라고 하는 줄 알아요? 장판! 이거 누가 이래 놨어!? 막 이런다니까요."

깔깔깔깔. 스튜디오는 온통 웃음바다가 된다.

"예술을 몰라줘요, 이 사람은! 예술 하는 사람들은 그런 게 필요하다니까."

소설가는 또 그러면서 웃고, 그때마다 아내는 뜨악하는 표정을 지으면서도 따라 웃는다. 나도 웃는다. 깔깔깔깔.

그렇게 한참을 깔깔대다 TV를 끄니 작은 내 방이 고요해진다.

깜깜한 TV 액정에 비치는 내 모습.

참 평범하다. 참 특별할 게 없다.

나는 그런 아이였다. 책을 좋아해 국문과에 진학하긴 했지만 똘기 충만한 다른 동기, 선배들을 보며 나는 다시 한 번 깨달았다. 아, 나는 참 평범하구나.

　잔디밭에서 술을 마시다 한 동기가 술에 취해 울기 시작했다. 그 아이의 입에선 니체를 비롯한 뭇 철학자들의 이름이 흘러나왔다. 한 동기는 일주일 넘게 강의실에도 과방에도 나타나지 않는다. 스카이라운지라 불리던 과방 건물 옥상에서 하루 종일 술 마시며 노래하고 있다. 아는 사람들이 지나가면 큰 소리로 불러 세워 술 좀 더 사 들고 올라오라 한다. 언집이라 불리던 과방에 놓인 동기들의 낙서장에는 자작시 같은 글들이 갈겨져 있다. 시인 교수님의 시 수업 중간고사엔 이런 문제가 나왔다. "우리 대학에는 목련 나무가 참 많다. 하지만 자목련은 딱 세 그루 있다. 어디 어디에 있는 줄 아는가?" 한 선배의 꼬드김에 넘어가 과 내 소모임 문예창작반 합평회에 처음 가 본 나는 질식할 뻔했다. 사방에서 퍼져 나오는 똘기. 그 똘기에 숨이 막힐 뻔했다. 문학 하는 사람은, 예술 하는 사람은 무릇 똘기가 있어야 한다. 학창 시절 내가 해 본 일탈이나 방황으로는 명함도 내밀기 힘든 문학청년들 사이에서 나는 생각했다. 역시, 나는 참 평범하구나.

　내 노트북엔 두 개의 폴더가 있다. 이야기와 에세이. 그래도 꾸역꾸역 에세이는 조금씩 파일들이 늘어 가는데, 이야기 폴더를 열고 그 안에 파일 하나를 열면 내 손이 눈에 띄게 느려진다. 키보드 위에서 어쩔 줄 몰라 방황하는 손가락을 내려다보고 있자니, 어느새 노트북 화면이 까맣게 변해 있다. 깜깜한 액정에 비치는 내 모습.

참 평범하다.
참, 특별할 게 없다.

똘기 충만 문학청년들이 어른이 되어 가는 걸 봤다. 취업을 하고, 결혼을 하고, 아이를 낳고, 양복을 입고 9시에 출근해 6시에 퇴근. 가끔 갖는 퇴근 후 술자리에서도 필름이 끊길 때까지 술을 마시진 않는다. 내일 출근해야 하니까. 이제 몸이 힘들어서 못 마셔. 똘기와 멀어지고, 술과 멀어지고, 시집과 멀어지고, 소설과 멀어지며 어른이 되어 가는 그들을 보며 나는 괜히 부끄러워 죄책감과 자괴감이 들기까지 했다. 가장 평범했던 내가 어쩌다 작가라 불리며 살게 된 거지? "너 책도 냈더라?" 오랜만인 동문들의 물음을 받을 때면 시선을 피하느라 전전긍긍 그 쉬운 "응."이란 답조차 힘겨웠다. 그런 내가 무언가를 계속 쓰면서 살아야 한다니. 나에게는 똘기도 없고 재능도 없음을 누구보다 내가 잘 알고 있는데, 내가 어쩌다? 도대체 왜? 쉽고 잦은 투덜거림.

"저도 처음엔 그런 생각 진짜 많이 했는데…."
음악 하는 후배가 말했다.
"근데 언니, 제일 무서운 애들이 어떤 애들인 줄 아세요? 똘기도 충만한데 성실함까지 갖춘 애들이요. 재능도 넘치는데 열심이기까지 하는 애들 보면 진짜 짜증난다니까요."

맞다. 주변인들을 한없이 작아지게 만드는 족속들이다.

"근데 언니, 제일 후진 애들은 어떤 애들인 줄 아세요?"

글쎄…. 고개를 갸웃하는 내게 후배가 말했다.

"똘기만 있는 애들이요. 진짜 아무것도 없이 똘기만 있는 애들. 아무것도 안 하면서 똘기만 뽐내고 싶어 하는 애들. 그리고 그거 서로 들킬까 봐 더 오버해서 경쟁하듯 똘기 부리는 애들이 제일 후져요. 일명 똘경쟁이라고 하죠."

그리고 덧붙이기를,

"전 그렇더라고요. 똘기만 있는 애들보단, 똘기는 없어도 성실한 애들 음악이 더 좋더라고요. 그리고 참 다행인 건 많지 않더라고요. 똘기에 성실함까지 갖춘 애들은. 그래서 나 같은 사람도 계속 음악 할 수 있는 거고."

집으로 오는 길, 그동안 잊고 있었던 좀 다른 부류의 작가들이 떠올랐다. 글은 엉덩이로 쓰는 거라며, 오래 앉아 있는 사람보다 좋은 글을 쓸 순 없다며, 체력을 키우기 위해 매일 아침 하루도 거르지 않고 달리기를 한다는 작가. 같은 이유로 담배를 끊었다는 작가. 게을러지지 않기 위해 매일 아침 9시 출근, 저녁 6시 퇴근이란 스스로의 규율을 만들었다는 작가. 매일 조금씩이라도 쓰기 위해 부러 연재를 한다는 작가. 글 쓰는 리듬을 깨뜨리지 않기 위해 평일에는 술도 마시지 않는다는 작가. 재능이 없는 자도 기쁨을 얻을 수 있다는 것을 스스로 증명해 보고 싶어 작가가 됐다는 작가.

우리는 누구나 내가 가지지 못한 타인의 것을 부러워한다.

그런데 나는 그 많은 타인의 것들 중,

굳이 내가 절대 가질 수 없는 것만을 딱 집어 부러워했던 건 아닐까.

그래야 핑계 댈 수 있으니까. 그래서 나는 안 되는 거라고, 내가 잘 못하는 건 다 그래서라고, 스스로를 속이기도 쉬우니까. 다른 길은 못 본 척, 내가 들어갈 수 있는 다른 길이 있는데도 그쪽은 왠지 힘들어 보여 못 본 척. 그러곤 굳이 내가 절대 들어갈 수 없는 길만을 바라보며 '좋겠다, 너희들은. 통행증이 있어서. 나도 그 통행증만 있었다면.' 이런 말도 안 되는 투정과 핑계를 늘어놨던 건 아닐까.

운동을 시작해야겠다.

아침에 조금 더 일찍 일어나야겠다.

내일은 조금 더 오래 앉아 있어야겠다.

나에겐 이제 조금 다른 부러움이 생겼으니까.

이번엔 어쩌면 나도 손에 넣을 수 있는 것에 대한 부러움.

그래서 어쩌면 지금부터가 더 힘든 싸움이 될지도 모르겠다.

어쨌든 이번 싸움에선, 더 이상의 핑계는 통하지 않을 테니까.

나는 원래…

소개팅을 하고 온 친구에게 전화가 왔다.

"아니, 다 나쁘진 않았는데…. 뭐 대화도 잘되는 편이고, 취향도 비슷한 부분이 많고…. 외모? 외모도 뭐 객관적으로 보면 잘생긴 편이긴 한데…."

근데, 근데 왜? 친구의 목소리에 묻어 있는 왠지 모를 떨떠름함. 근데, 뭐가 불만이란 거야? 그제야 자신을 속내를 속사포처럼 쏟아내는 친구.

"확 설레는 마음이 안 든다? 너도 알다시피 나는 원래, 첫눈에 안되면 계속 안 되는 스타일이잖아? 그리고 나는 원래, 키 너무 커도 싫은 거 알지? 185도 넘을 것 같더라고. 그리고 나는 원래, 나는 원래, 나는 원래…."

친구의 '나는 원래'가 한 백번쯤 돌아가는 듯한 기분이 들었을 때,

"야!"

　나는 결국 버럭 소리를 지르고 말았다. 이 친구가 좀, 이런 스타일이란 건 알고 있었다. 자기 자신에 대한 확신이 무척 강한 사람. 나는 원래 이런 사람. 나는 원래 이런 취향. 나는 원래 이런 이런 건 되고, 저런 저런 건 안 되고. 어찌나 자신에 대한 주제 파악이 확실하신지, 그래서 도리어 답답한 사람.

"연애하고 싶다며? 너 그래서 어디 연애하겠냐!?"
　나는 정말 답답했다. 사랑에 빠지는 데는, 여러 가지 길이 있을 수 있다. 첫눈에 반하는 사랑만 있는 게 아니다. 나쁘진 않은데 싫어 만나다 보니 어느 순간 내가 더 그를 좋아하게 될 수도 있고, 전혀 이성으로 안 보이던 사람이 어느 순간 나를 두근거리게 할 수도 있고, 또 이미 지나간 사랑이 몇 년 후 다시 나를 설레게 할 수도 있고, 아무튼 누군가에게 반하게 되는 방법과 계기는 너무너무 다양하다. 그러니 세상엔 그 많은 사랑 이야기들도 존재하는 거고. 그런데 이 친구는 딱 한 가지 길. 자신의 이상형인 외모와 취향을 가진 남자와 서로 첫눈에 반하는, 이 한 가지 길만을 고집하고 있으니 연애가 쉽겠냔 말이다. 다른 수많은 길에는 기회조차 안 주고 다 차단하고 있으니… 이 뭐, 답답의 끝.

　그리고 사실, 자신의 이상형과 결혼하는 사람이 과연 몇이나 될까? 자신의 이상형과 자신이 꿈꾸던 방식으로 사랑에 빠져, 영원히 행복하게 잘 살았습니다. 그런 동화 같은 삶을 사는 사람은 과연 몇이나 될까? 나는 잘 모르겠다. 내가 꿈꾸던 이상형과 사랑에 빠져도 권태기는 오고, 그러다 이별을 맞기도 한다. 반대로 전혀 내 취향이 아니었던 사람과 어쩌다 보니 사랑에 빠졌는데, 도리어 잘 사는 경우도 많다. 나의 이상형을 포기하지 않았다면 만날 수 없었던 사람. 나의 환상을 포기하지 않았다면 맛보지 못했을 즐거움.

포기하면,
다른 길이 보이는 법이니까.
포기하지 않았다면,
절대 보이지 않았을 다른 사람, 그리고 다른 길이.

내 꿈은 작가가 아니었다. 나는 사실 다른 꿈을 꾸고 있었다. 하지만 그 꿈을 놓아버리기란 쉽지 않았다. 나는 언제나 '포기'는 지는 것이라 배워 왔으니까. 포기란 현실과 타협하는 것, 포기는 창피한 것, 포기는 낙오자들에게나 어울리는 말. 세상엔 그런 얘기들이 너무 많았다. 그러니 세뇌 교육처럼 그런 얘기들을 듣고 자란 나는, 포기가 쉽지 않았다. '이 길이 아니면 안 돼. 이 사람이 아니면 안 돼.' 그래서 더 고집을 부려댔다. 아등바등 미련스러울 만큼 포기하지 않으려 발버둥을 쳤다. 그래야 내가 더, 행복해질 거라 믿었으니까.

그런데 참 신기한 것이, 그 끈을 놓아버리고 나자, '낙오'라 생각했던 '포기'란 카드를 꺼내 들고 나자, 내게 또 다른 길이 열렸다. 이 길이 아니면 안 된다는 고집 속에선 절대 보이지 않던 길, 짐작조차 할 수 없던 즐거움이 나를 찾아왔다. 새로운 사랑, 새로운 일. 내가 이렇게 글을 쓰면서 살 수 있게 된 것도, '포기'란 카드를 꺼냈을 때 찾아온 뜻밖의 즐거움이었다. 포기하지 않았다면, 나는 작가가 될 수 없었을 것이다.

그뿐이 아니다. 어쩌면 우리는 '포기'를 몰라서, 내가 모르는 수많은 즐거움 또한 놓치고 살아가는지 모른다. 나는 원래 저런 장르의 음악은 별로야. 나는 원래 만화는 안 봐. 저런 사람들은 원래 나랑 안 맞아. 나는 원래 이런 사람이야. 자신의 취향과 성격, 심지어 자신의 인간관계와 자신에 대한 모든 것을 '원래'로 규정한 다음, 포기하지 않아서.

그리고 말한다.
세상 참 심심하다.
사람들은 왜 다 내 맘 같지 않을까?
세상 참 내 뜻대로 안 돼.

빨강 머리 앤은 이런 얘길 했다. "엘리자가 말했어요. 세상은 생각대로 되지 않는다고. 하지만 생각대로 되지 않는다는 건, 정말 멋지네요! 나는 생각지도 못했던 일이 일어나는 거잖아요." 빨강 머리 앤처럼 초긍정 아가씨가 되긴 힘들겠지만, 나는 가끔 이런 생각이 들

때가 있다. 우린 너무 '원하는 답'만 찾아 헤매느라, 좌절도 쉽고 세상도 재미없다 말하는 건 아닐까? 그래서 더, 이 말이 마음에 남았다.

"나는 자네가 좀 염려스럽네. 열심히 하는 건 좋은데, 원하는 답을 정해 놓고, 거기에 맞는 근거만 찾으려고 하는 건 아닌지. 최적의 답을 찾아가는 과정과, 원하는 답을 찾아가는 과정은 분명히 다른데 말이야."

생각 없이 멍하니 드라마를 보다 만난 이 말.

최적의 답과 내가 원하는 답이 정확히 일치하는 삶만 살아갈 수 있다면 더할 나위 없이 좋겠지만, 나는 잘 모르겠다. 세상이 그렇게, 누구에게나, 어느 순간에나, 만만한 것 같지만은 않아서. 또한 모르는 일이다. 내가 원하는 답이, 언제나, 나에게, 최적의 답인지는.

그래서 나는,
포기 또한 재능이고 용기인 것만 같다.
사랑에 있어서도, 살아감에 있어서도.

내가 원하는 답은 아니라 하더라도,
최적의 답은 어쩌면 '포기' 안에 있을지도 모르니까.
그리고 그 최적의 답이 어쩌면,
나도 몰랐던 '내가 원하는 답'이 될지도 모르는 일이니까.

뒤집을 수 없는 관계

독립하고 처음 혼자 살게 된 집은, 무척 더웠다. 집이 좁아선지, 창문이 작아선지, 아니면 그해 여름이 유난히 더웠던 건지, 여름에도 종종 긴팔 긴바지를 입을 정도로 더위를 잘 안 타는 나에게도, 그 집의 여름은 무척 더웠다. 하지만 내게는 당연히 집에서 입을 만한 짧은 바지가 없었다. '사러 가야지, 사러 가야지. 아우, 더위.' 그러면서도 차일피일 미루기만 하고 있던 어느 날, 언니네 집에 점심을 먹으러 갔는데 어린 조카가 무척 시원해 보이는 짧은 바지를 입고 있었다.

"나도! 나도 이런 바지 입고 싶다! 이 바지, 이모 주면 안 돼?"

농담처럼 조카에게 던진 말이었는데, 그 말을 엄마는 기억하고 있었나 보다. 다음번 엄마집에 갔을 때, 엄마는 나를 위해 무척 얇고 짧은 시원한 여름 반바지를 세 벌이나 사다 두셨던 거다.

"엄마 없으면 어떻게 살까 모르겠어요."

한 선배를 만나 그 일을 얘기했을 때, 선배는 말했다.

"못 살지. 우리 같은 애들은 엄마 없으면 죽어."

결혼 못 한 막내딸. 선배에게도, 내게도, 엄마는 너무나 필요한 존재였다. 특히나 선배는 유난히 엄마와 가까웠다. 나와 함께 있을 때도, 엄마에게 전화가 걸려 오면 귀찮아하기는커녕 마치 친구와 통화하듯 수다를 떨기도 하고, 나이 많은 남자친구에게 하듯 어린양도 피우는 선배를 보며, 나는 늘 신기해했던 것 같다. 그런 선배가 내게는, 늘 엄마 같은 존재였으니까.

무척 힘겨웠던 어떤 날엔 선배가 손에 쥐여 준 편지 한 장에 눈물을 찔끔거리기도 했고, 마음이 흔들리던 어떤 날엔 벼락처럼 내리치는 선배의 잔소리에 정신이 번쩍 나기도 했고, 아무 이유 없이 쓸쓸한 날엔 '배고파요.' 찾아갈 수 있는 선배가 있다는 것만으로도 나는 꽤 든든했던 것 같다. 심지어 가끔은 용돈까지 내 주머니에 넣어 주던 선배는, 정말 나에게 있어 또 하나의 엄마였다.

어쩌면 그래서였는지도 모르겠다. 엄마와 자식의 관계는 절대, 동등할 수 없다. 모든 관계에는 권력구도가 존재한다. 특히 사적인 관계에서는 더 많이 좋아하는 쪽이 약자가 될 수밖에 없다. 그래서 엄마는 늘, 약자가 된다. 툭 하면 짜증내는 자식, 툭 하면 징징거리는 자식, 툭 하면 뭐 해 달라는 자식 앞에서 엄마는 늘 약자가 될 수밖에 없다. 그렇게 나는 늘 받기만 했던지라, 어떻게 해야 할지를 몰랐다.

 정작 엄마에게 내가 필요한 순간이 찾아왔을 때.
 정작 엄마 같은 선배에게 위로가 필요한 순간이 찾아왔을 때.

 '세형아, 놀라지 마.' 언니에게 문자가 왔다. '엄마 아빠가 교통사고가 나서 OO 병원에 입원하셨어. 많이 다치신 건 아니야.' 어쩌면 이미 '많이 다치신 건 아니'라는 걸 알고 병원을 찾았기에 그랬을 수도 있겠지만, 나는 짜증이 났다. 죽을 사 들고 병원에 들락거리는 것도, 사고 관련 일을 수습하는 것도, 아픈 게 빤히 보이는 데 괜찮다고만 하는 엄마도, 일 때문에 퇴원을 서두르려는 아빠도, 바쁜데 자꾸 오지 마라, 이미 왔는데 얼른 가서 네 일 봐라 하는 것도, 다 짜증이 났다. 도대체 엄마 아빠가 아플 때는 어떻게 해야 하는 건지도 잘 모르겠는 나에게도 짜증이 났다. 나는 정말 나쁜 딸이구나, 생각하게 만드는 이런 상황 자체에 짜증이 났던 걸지도 모르겠다.

 그런 짜증 속에 병원에서 돌아와 자려고 누웠을 때, 문자가 왔다. 'OOO 모친상.' 선배의 이름이었다. 내게 또 하나의 엄마와도 같은 선배의 모친상. 머릿속이 그저 하얬다. 엄마와 단둘이 살고 있는 선배. 친구이자 남편과도 같은 엄마와 유난히 다정했던 선배. 그런 선배의 어머님이 돌아가셨단 문자를 보고 있는데, 나는 도대체 뭘 해야 하는 건지 아무런 생각도 나지 않았다. 그리고 그런 내가 너무 바보 같아, 나는 또 짜증이 났다.

"아직 실감이 안 나서 그런가."

장례식장에서 만난 선배는 나보다도 씩씩해 보였다. 찾아온 사람들을 하나하나 챙기며 이런저런 일을 처리하는 선배는, 여전히 내게는 엄마 같은 어른의 모습이었고, 그런 선배에게 내가 뱉은 말이라곤 고작,

"나 선배네 들어가 살까 봐요."

그런 내게 선배는 또 특유의 그 엄마 같은 말투로 답했다.

"됐거든? 혼자 사는 게 편하지. 내가 너 밥해 주고 살기는 싫거든?"

그리고 웃었다. 어쩔 줄 몰라 하는 나를 도리어 위로하듯 선배는 농담을 하며 웃었다.

늘 이런 식이 되어버릴 수밖에 없는 걸까? 내가 힘겨울 때, 나는 늘 선배에게 위로를 받았다. 언제나 선배는 내게 힘이 되어 줬다. 그런데 정작 선배에게 위로가 필요한 순간에 내가 할 수 있는 일은, 아무것도 없었다. 아니 솔직히 전혀 생각나지 않았다. 도대체 내가 어떻게 해야 선배에게 위로가 되고 힘이 되어 줄 수 있는지, 그 방법이 전혀 떠오르지 않았다. 그래서 나는 또, 짜증이 났다.

세상에는,

도저히 뒤집을 수 없는 관계가 존재하는 걸까?

받기만 하는 딸, 받기만 하는 후배.

주기만 하는 엄마, 주기만 하는 선배.

그 관계는 도저히 뒤집힐 수 없는 걸까?

이제는 흰머리가 가득한 엄마에게도, 그 어느 때보다 위로가 필요한 엄마 같은 선배에게도, 나는 무력하기만 한 사람이었다. 병원을 나서면서도, 이 순간을 후회하고 또 후회할 날이 언젠가는 내게도 찾아올 거란 생각이 들었지만, 여전히 무능력한 나. 여전히 참나쁜 딸인 나는, 그저 이기적인 바람만을 또 마음에 품었다.

그런 날이, 오지 않았으면 좋겠다.

엄마는 여전히 강하고, 선배는 여전히 엄마와 같아서, 나는 또 그들에게 받기만 하는, 그들은 또 나의 도움이나 위로 따위는 전혀 필요치 않은, 그런 날들만이 계속됐으면 좋겠다.

정말, 그랬으면 좋겠다는 이기적인 바람만을.

세상에서 가장 부러운 커플

열아홉부터 서른까지, 11년 연애 끝에 결혼한 후배 커플.

대학 1학년 때부터 캠퍼스 커플이었던 그들은,

"너네, 안 지겹냐?"

선배들의 이런 질문이 더 지겨웠을 거다.

11년. 결혼을 한 것도 아닌데 11년을 단 한 사람과 함께하다니!

"바람피우고 싶었던 적, 정말 한 번도 없었어? 한 사람만 만나 보고 결혼하는 거 안 억울해?"

결혼 전, 여자 후배에게 물었다.

"언니."

정색을 하곤 후배가 나를 불렀다. 그리고 말하길,

"그러기엔 우린…… 너어어어무 게을러!"

그래서 같이 웃고 말았던 것 같다. 바람도, 부지런하고 열정적인 사람들에게나 가능하단 후배의 말이 어느 정도 공감됐으니까. 11년 이나 서로에게 길들여진, 이제 가족이나 마찬가지로 너무 편한, 나의 맞춤형 연인이 바로 옆에 있는데, "안녕하세요, 처음 뵙겠습니다. 나이가? 직업이? 고향이? 취미가?" 이렇게 처음부터 하나하나 다시 시작하는 건 정말, 눈이 뒤집힐 정도의 열정이 어느 날 갑자기 대처할 겨를도 없이 천재지변처럼 찾아오지 않고선 힘들 것도 같았다.

두 사람이 연인이라는 사실은, 어느 순간부턴 내게도 내 침대 옆의 스탠드, 내 식탁 위에 밥통, 내 책상 앞의 의자처럼 너무 당연한 것이어서, 의식될 것도 부러울 것도 없었다.

아무리 친한 사이라 해도, 보통 친구가 연애를 시작하거나 결혼을 하면 조금은 조심스러운 마음이 드는 게 사실이다. 둘만의 시간을 방해하면 안 될 것 같기도 하고, 내 앞에서와 연인 앞에서의 조금은 다른 친구 모습이 어색하기도 하고, 친구의 연인이 못마땅하거나 불편할 수도 있고, 또 둘 사이가 너무 좋으면 홀로 집에 돌아가는 길이 쓸쓸하게 느껴질 수도 있으니까.

하지만 그 후배 커플에겐 그런 마음이 조금도 들지 않았다. 나에게 남자친구가 없을 때도 셋이 함께 나들이를 가는 것이 조금도 이상하거나 비참하게 느껴지지 않았고, 두 사람이 결혼한 다음에도 그 신혼집에 가서 함께 뒹굴거리는 것이 조금도 불편하지 않았고,

홀로 집에 돌아오는 길에도 역시 쓸쓸한 마음 따윈 들지 않았다. 둘이 내 앞에서 조금 티격거린다고 해서 '역시 혼자가 편해.' 고소한 마음이 들지도 않았고, 둘이 좀 닭살을 떨어댄다 해서 '아우 짜증나.' 부러운 마음이 들지도 않았다. 정말 두 사람은 내게 당연함, 그 자체였던 거다. 의식될 것도 부러울 것도 없는.

두 사람이 결혼을 한 지도 벌써 2년이 넘어가나 보다. 어느새 여자 후배의 배가 조금씩 불어 오르고 있다.
'언니, 나랑 P랑 부모 된대. 큭큭큭큭. 웃기지? 큭큭큭큭큭.'
'큭큭큭'이 도배된 문자로 임신 소식을 알려 온 후배.

"너 그런 건 아빠 닮으면 안 돼. 엄마 닮아야지."
둘이 앉아 배를 보며 그런 얘길 주고받고선 잠깐의 정적 후,
"내가 아빠래. 큭큭큭큭큭."
"큭큭큭큭큭. 그러니까 내가 엄만가 봐. 큭큭큭큭큭큭."
데굴거리며 웃어대는 둘을 보고 있자면, 이런 것들이 어떻게 애를 낳아 키우겠다는 건지 어이없음과 동시에 나도 그냥 웃음이 났다.

하지만 한편으론, 내가 고작 몇 살이나 더 많다고 같잖게 부모 마음이 되어 걱정이 되기도 했다. 아직 공부 중인 남자 후배, 대학원을 마치고 이제 겨우 보따리 장사로 조금씩 강의를 나가고 있는 여자 후배의 넉넉지 못한 상황을 생각하면, 요즘 애 키우는 게 정말 만만치 않다는데 싶어서였다.

그런데 여자 후배 역시 그런 주변 사람들의 걱정을 조금은 눈치채고 있었던 걸까. 어느 날 사뭇 진지한 표정으로 이런 얘길 꺼냈다.

"우리 엄마가 그러는데, 아주 조금씩이라도 앞으로 나아가고 있다는 느낌이 들면 살 수 있대. 근데 아무리 발버둥 치고 죽을 둥 살 둥 허우적거리는데도, 제자리만 맴돌고 있다거나 오히려 뒤로만 가고 있다는 기분이 들면 그건 정말 힘들대."

그리고 덧붙이기를,

"나는 그래도 우리가, P가, 조금씩 나아지고 있다는 생각이 들어. 그래서 나는 사실 지금의 P가 제일 좋다?"

그리고 후배는 나를, 깜짝 놀라게 만들었다.

"언니 나는, 10년 전의 P와 지금의 P. 둘 중 누구와 사귀겠냐고 하면 지금의 P를 선택할 거야."

아무 말도 할 수 없었다.
너무, 부러워서.

언젠가 오래된 커플과 부부는 추억을 뜯어먹고 산다는 이야길 들은 적이 있다. 연애 초기나 신혼 시절 뜨겁게 사랑했던 기억을 되새기며, '그래, 우리에게도 그랬던 시절이 있었지. 그래, 이 사람이 내가 그토록 사랑했던 사람이지.'

나도 그랬다. '옛날에는 그렇게 잘해 주더니. 옛날에는 더 멋졌는데.' 추억만 뜯어먹다 결국 나자빠져 손을 놓아버렸다. 그리고 완벽한 사람을 기다렸다. 연애 초기엔 완벽해도, 만나다 보면 결혼하고 나면 달라지는 게 사람이고 사람 마음인데, 처음부터 그렇지 않은 사람은 만나고 싶지 않았다. 그렇게 완벽한 사랑만 기다렸다. 그러니 후배의 말은 내게, 충격에 가까운 부러움을 불러일으켰다.

나는 한 번도 그렇게 생각하려, 그렇게 되기 위해 노력해 본 적도 없었으니까. 전과는 달라졌지만 더 멋져진 그의 모습을 발견하려, 전과는 달라졌지만 더 깊어진 나의 마음을 보여 주려 노력해 본 적이 한 번도 없었으니까. '10년 전의 그와 지금의 그. 둘 중에 누구와 사귀겠냐고 하면 나는 지금의 그를 선택하겠어.' 10년은커녕 5년 전의 그, 3년 전의 그, 1년 전의 그와 비교해도 '지금의 그'를 선택해 본 적이 없는 나였으니까.

두 사람이 함께라는 것이 너무 당연해서,
의식될 것도 부러울 것도 없었던 후배 커플.

그런데 이 커플이 이젠 내게,
'세상에서 가장 부러운 커플'이 될 것만 같다.

그리고 그들이 앞으로 10년 후에도, 20년 후에도, 그렇게 말할 수 있었으면 좋겠다. 10년 전, 20년 전, 30년 전의 그와 지금의 그 중 누구를 선택하겠냐 묻는다면 조금도 망설이지 않고 '지금의 그'를 선택할 거라 말하는 그들을 계속 볼 수 있었으면 좋겠다.

내가 맘껏 부러워할 수 있게.

그래서 나 또한 그런 사랑을 꿈꿀 수 있게.

나 또한 누군가에게, 그런 사람이 되기 위해 노력할 수 있게.

홀로 북극에 버려진 펭귄

이야기를 짓는 일은 생각보다 힘들었다. 사람과 장소와 시간을 고루 살피며 문장까지 신경 써야 하는 게 만만치 않아서였다. 처음에는 그저 소박하게 '과거에 일어난 일을 그대로 기록해 보자'는 취지로 시작한 건데, 막상 쓰다 보니 더 재밌게, 또 맛깔나게 쓰고 싶은 욕심이 앞섰다. 글쓰기는 매 순간이 결정과 선택의 연속이었다. 그런데 그걸 내가 잘하고 있는지 확신이 서지 않았다. 이야기는 중간중간 자꾸 멈췄다. 그럴 때면 홀로 북극에 버려진 펭귄이 된 기분이 들었다. 참으로 막막하고 무시무시한 순간이었다.

좋아하는 작가의 첫 장편소설이 나왔다.
그녀는 나를 참, 여러 번 즐겁게 하고 여러 번 슬프게 한다.

그녀의 첫 단편집을 만났을 때의 충격이 지금도 선명하다. 당시

글 꽤나 좋아한다는 지인들이 모일 때면 언제나 그녀 얘기가 화제에 올랐다. 신선한 충격. 70년대 생, 90년대 학번인 우리들에게 그녀는 그런 존재였다. 독특한 문체와 감성, 이야기꾼으로의 타고난 재능과 능청. 오랜만에 술술 재미나게도 읽히는 좋은 소설을, 그런 이야기를 펼쳐내는 좋은 작가를 만났다는 기쁨과 동시에 그녀는 우리를 슬프게 했다. 그녀는 어렸다. 우리보다, 나보다, 어리다. 그녀는 80년대 생 이야기꾼.

아직 이십 대의 끝자락에 서 있던 그 당시의 나는, 내가 아직 멀었다고 생각했다. 아직 아무것도 시작해 보지 못한, 그러니 아직 많은 가능성 또한 남아 있는 그야말로 '청춘'이라고 생각했다. 지리멸렬한 방황의 시간들이 길어져도 나는 아직 어리니까, 나는 아직 멀었으니까. 나에게 '작가'는, '소설가'는, 언제나 나보다 한참 멀리 있는 어른들이었다. 그런데 그녀는, 나보다 어렸다. 그리고 무엇보다 그녀의 글, 그녀의 이야기는, 멋졌다.

아직, 이라 생각하며 미뤄 왔던 것들이
영영, 오지 않을지도 모른다는 초조함.

아직, 이라 생각했지만
원래, 나는 아무것도 아니었을 수도 있다는 불안함.

우리보다 어린 나이로 이미 멋지게 해낸 그녀는

우리를, 나를, 슬프게 했다.

부러웠다. 그래서 '긴 세대'인 우리의 처지를 운운하며 핑곗거리를 찾기도 했다. 70년대 생, 90년대 학번. 누군가는 우리를 '치열했던 386 세대'도 아닌 '청년실업 88만원 세대'도 아닌 386-88, 298 세대라 불렀다. 존재감 없는, 개성 없는, 잊힌 세대 혹은 긴 세대. 글을 대함에 있어서도 어쩌면 우리는, 그 연장선 위에 있는 걸지도 모른다고 생각했다. 이전 세대만큼 치열한 시대를 살지 않았기에 그만큼 치열하고 진지한 글을 써내지도 못한다. 그렇다고 이후 세대만큼 그로부터 완전히 자유롭지도 못해 '글이란, 책이란 무릇'이란 틀 안에 갇혀 이러지도 저러지도 못한 채 맴맴거린다. 그러다 과감히 그 틀을 깨고 그들만의 개성으로 새로운 영역을 개척한 80년대 생들의 번뜩임에 깜짝. 경탄과 부러움에 입을 마냥 헤 벌리고 서 있다 이내 슬퍼지고 말았던 건 아닐까, 하며 열심히 핑곗거리를 찾았다.

등단 후 5년이 넘어가도록 그녀의 장편이 나오지 않자, 도대체 그녀의 장편은 어떨까 기대가 되면서도, 그래 번뜩이는 개성과 반짝이는 재능은 단편에 더 어울릴지 몰라, 묘한 안도감이 들기도 했다.
그러다 드디어, 만나게 된 것이다. 그녀의 첫 장편소설. 야금야금 아껴 본다고 하는데도 술술 넘어가는 책장. 이것저것 생각할 겨를도 없이 다른 일들은 모두 제쳐 두고 나는, 그 책만 붙들고 있었다. 그리고 마지막 책장을 덮으면서 나는 그만 멍…해지고 말았던 것 같다.

"글은 잘 써져?"

"김애란 장편이 나왔어."

"아, 벌써 봤어? 재밌어?"

입은 꼭 다물고 고개만 끄덕이는 날 빤히 보던 선배가 말했다.

"그래서, 기 팍 죽었니!?"

긴 방황 끝에 드디어 한글창과 마주한 지 얼마 되지 않았을 때였다. 더 이상 도망만 다니지 말자, 지금 내가 할 수 있는 이야기를 매일매일 조금씩이라도 적어 가 보자. 생각만 많았던, 괴로워만 했던 내 지난 시간들이 아깝다 생각될 정도로 나는 조금 즐거웠던 것 같다. 이 이야기들이 끝내 아무에게도 가닿지 못하고 영원히 내 노트북에만 남게 된다 해도 괜찮다 느껴질 만큼. 그런데,

시간이 더해 갈수록 나는 내가 맘에 들지 않았다. '이 단어 말고 없나? 이 문장도 별론데? 처음 구성 자체가 문제였던 것도 같고. 이 단락은 아예 빼야겠다. 아… 그냥 처음부터 다시 쓸까?' 지우고 고치고, 다시 쓰고 고치고, 그러다 지쳐 '아… 역시 나는 아닌가 보다.' 슬쩍 뒤돌아 도망이나 치려고 반쯤 몸을 돌린 나를 딱 알아챈 듯 선배가 말했다. "그래서, 기 팍 죽었니!?" 아무 말 않고 가만있는 내게, 선배가 갑자기 버럭 소리를 질렀다.

"누가 너보고 1등 하라고 글 쓰래!?"

어우, 깜짝이야. 나는 또 한참을 혼났다. 서점에 가면 가끔 숨이 턱턱 막힌다. 세상엔 이미 이렇게나 많은 책들이 있는데⋯. 좋은 책, 좋은 작가를 새로 발견하게 될 때마다 이런 생각도 들었다. 아직도 내가 모르는 좋은 책, 좋은 작가들이 이렇게나 많은데, 다른 건 아무것도 안 하고 매일매일 책만 봐도 다 못 보고 죽을 것만큼 세상엔 이렇게나 많은, 좋은 책들이 있는데⋯. 그런데, 별것도 아닌 것 같은 내가 무얼 또 쓴다는 게 도대체 무슨 의미가 있을까.

"누가 너보고 1등 하라고 글 쓰래!?"
한참을 혼나고 돌아왔는데도 마음이 쉬이 잡히지 않았다. 그러다 다시 꺼내 보게 된 '그 책'. 처음부터 다시 한 글자 한 글자 꼭꼭 씹어 읽는 동안 나는 그녀의 이야기에 빠져들어 또다시 즐거워졌다. 그러다 다시 만난 이 단락.

이야기를 짓는 일은 생각보다 힘들었다. (⋯⋯) 이야기는 중간중간 자꾸 멈췄다. 그럴 때면 '홀로 북극에 버려진 펭귄'이 된 기분이 들었다. 참으로 막막하고 무시무시한 순간이었다.

그녀는 참,
나를 여러 번 즐겁게 하고 여러 번 슬프게 하더니 이젠,
위로까지 해 준다.

'홀로 북극에 버려진 펭귄'의 기분을 그녀도 알고 있다는 사실에

마음이 시큰. 홀로 북극에 버려진 채, 펭귄 탈을 쓰고 뒤뚱거리는 작은 아이가 떠올라 꼭 안아 주고 싶었다. 그런데 그렇게 안아 주고 있는 사이, 펭귄 탈 안의 얼굴이 내 얼굴로 변해 있다.

뒤뚱뒤뚱 그러다 뒤로 쿵. 하지만 커다란 펭귄 탈을 가누지 못해 일어나지도 못하고 차가운 얼음 바닥에 누워 한참을 버둥버둥. 그러다 기운이 빠져 대자로 뻗은 채 멍…. '그래도 북극 하늘은 참 파랗고 맑네.' 그 순간이 힘이 돼 영차, 힘차게 발을 굴려 일어나 보려……

해도, 끝내 일어나지 못할 수도 있다. 겨우 일어는 났지만 뒤뚱뒤뚱 어설프고 느린 걸음으로 1등은커녕 너무 늦어, 모두가 집에 돌아가 버린 쓸쓸한 결승점에서 또 멍하니 홀로 서 있게 될지도 모른다. 하지만 그럼에도 다시 한 번 영차, 생각했다.

뒤뚱뒤뚱이라도 어쨌든 버둥거리는 동안에는 '그래도 버둥거리고 있다고!' 이렇게 말할 수는 있을 테니까. '네가 그렇지 뭐. 생각만 많으면 뭐해. 말만 많으면 뭐해. 네 얘기 들어주는 것도 이제 지겹다.' 나를 향한 지겨움과 짜증, 그건 정말 나조차도 이젠 지겹고 싫어서 영차.

나를 참 여러 번 즐겁게 하고 여러 번 슬프게 한 그녀에게 이젠, 위로까지 받았으니 다시 한 번 영차.

소멸의 순간

그 그림을 처음 만났던 순간이 아직도 생생하다.

너무나 유명한 화가의 특별전이었기에 시장통처럼 북적이던 미술관. 안 그래도 작은 키, 새까만 사람들 머리에 가려진 그림, 나도 좀 보겠다고 까치발로 연신 목을 쭉 빼 기웃거렸더니 30분도 안 돼 감동은커녕 피로가 밀려왔다. 그래도 이왕 나온 거 2층도 봐야지 힘겹게 계단을 올라 2층 첫 번째 전시실로 들어섰을 때,

처음, 이었다.

그 큰 전시실에 마치, 그 그림만이 달랑 한 장 걸려 있는 듯한 느낌. 그 많던 사람들, 그 많던 다른 그림들이 희뿌옇게 지워져 이내 모두 사라지고 그 큰 전시실에 마치, 나와 그 그림만이 마주하고 있는 듯한 느낌. 화폭 안에 있던 나뭇잎들이 거짓말처럼 반짝반짝, 조금씩 화폭 밖으로 자라나 전시실 전부를 하나의 숲으로 채워버린

듯한 느낌.

반짝, 반짝.
화가의 마음이 반짝이는 느낌.
덩달아 내 마음까지 반짝이는 느낌.

그런 느낌은, 처음이었다.
한참을 그 자리에 서 있었던 것 같다.
중간에 갈라졌던 동행이 다가와 내 어깨를 툭 치기 전까지
한참을 멍하니, 그 자리에.

그 그림을 다시 만난 건 몇 년 후 도쿄에서였다.
너무나 유명한 화가라 도쿄 곳곳에 그 화가의 특별전 포스터가 붙어 있
었다. 예정돼 있던 일정을 취소하고 일행들과 헤어져 홀로 미술관을 찾은
것은, 오로지 그 그림. 어쩌면 그 그림을 다시 만날 수도 있지 않을까, 하
는 기대감 때문이었다.

일본에서의 특별전 역시 많은 사람들로 붐볐다. 한 시간 넘게 줄을 서 마
침내 전시실 안으로 들어섰을 때, 다른 그림들은 눈에 들어오지 않았다.
사람들의 까만 머리 사이를 기웃거리며 그 그림만을 찾았다. 그렇게 한참
을 바쁘게 두리번거리다 멈칫. 지나온 두 걸음을 되돌아갔다. 두 걸음을
되돌리는 그 짧은 순간에도 의심이 들었다. 그럴 리가, 내가 그 그림을

그렇게 쉬이 지나쳤을 리가 없는데….

하지만 두 걸음 뒤엔, 그 그림이 있었다.
조금 전 지나친 작은 액자. 그 액자 안에 있었다. 그 그림이.

당황스러웠다. 이 그림이 이렇게 작았던가. 내 키보다 큰 나무였던 것 같은데. 이 그림이 이렇게 어두웠던가. 무척 반짝반짝 빛이 났었는데. 분명 그랬었는데…. 한참을 그 그림 앞에 서 있었다. 믿을 수가 없어서.

몇 년 전 서울에서 그 그림을 함께 봤던 동행에게 전화를 걸고 싶을 정도였다. '그때 그 그림, 내 키보다 훨씬 크지 않았어? 무척 반짝반짝, 나뭇잎이 막 빛이 나지 않았어?' 하지만 그럴 수 없었다.

미술관을 나서 지하철역으로 향하던 좁은 골목길이
제법 쓸쓸했던 기억.

그 기억이 오늘 아침, 문득 떠올랐다.
눈을 뜨니 7시. 아직도 방 안이 어두운 것이 정말 겨울이 왔나 보다 싶었다. 창가로 가 커튼을 여니, 역시나 어둠은 아직 채 가시지 않았다. 쭉 늘어선 가로등들이 아직도 불을 밝히고 있는 도로로, 헤드라이트를 켠 차들이 드문드문 지나가는 걸 얼마나 내려다보고 있었을까.

저 멀리 왼쪽부터 차례로, 그리고 순식간에, 꺼지는 가로등 불.

조금 더 어두워진 아침 도로를 내려다보며, 나는 그 그림을 떠올렸던 것 같다. 그리고 조금, 슬퍼졌던 것 같다. 어쩌면 그것이, 가장 슬픈 순간일지도 모르겠다는 생각이 들었기 때문이었다.

어쩌면 가장 슬픈 순간, 관계에 있어 가장 슬픈 순간은, 그런 순간일지도 모른다. 서로의 마음에 부러 생채기를 내며 독기를 내뿜는 순간도, 눈물 흘리며 다투고 매달리고를 반복하는 격정의 순간도, 그리고 끝내 이별을 맞이하는 순간도 아닌, '찬란히 반짝이던 사랑의 불빛이 소멸되는 순간, 그 소멸을 직시하게 되는 순간.'

그래서 나는 조금 슬퍼지고 말았던 것 같다.

왠지, 보고 싶지 않은 순간을 봐버린 느낌.
왠지, 보지 않아도 될 순간을 봐버린 느낌.

가로등이 꺼지는 순간.
빛을 잃은 그림과 다시 마주하던 순간.

그리고…
더 이상 반짝이지 않던 그 사람을, 처음 깨닫게 된 순간.

그렇게 내 안의 가로등 하나가, 꺼지는 순간을.

꼬박 일 분간의 지극한 행복

'재작년 봄, 난 뭘 하고 있었지?'

금세 생각날 리 없다. 재작년은커녕 작년 일도, 심지어 어제 먹은 점심 메뉴도 금세 생각 안 날 때가 많으니까. 그러니 조금 더 시간을 거슬러 올라가 '2007년에 나는 어떻게 살고 있었지? 2005년에는 뭐 했더라? 2001년 내 관심사는?' 이런 질문들엔 그냥 멍해지기 쉽다. 그나마 학생일 때는 '몇 년도에는 대학 졸업반, 몇 년도에는 고2였지, 몇 년도에는 초등학교 5학년.' 조금만 생각해 보면 이런 계산이 됐지만, 사회생활을 시작하면서부터는 해가 바뀌는 것에 대한 감각이 점점 둔해졌고, 심지어 올해가 몇 년도인지 올해 내가 정확히 몇 살인지도 잠시 생각해 봐야 확신이 섰다. 매일매일이, 별반 다를 게 없으니까. 작년에도 일을 하고 있었고, 재작년에도 일을 하고 있었고, 그 전 해에도, 그 전 전 해에도. 보통은 이렇게 되니까.

그런데 얼마 전, 컴퓨터 사진들을 정리하다 보니 몇 년도에 뭘 했는지에 대한 기억이 '여행'에서만은 분명했다. 2010년에는 이집트에 갔었어. 2009년에는 제주도에 갔었군. 2008년에는 교토에 있었지. 이런 식으로 말이다. 1년 365일의 일상보다 여행 그 며칠간의 기억이 더 생생하게 떠올랐다. 1년 365일 찍은 사진보다 여행 그 며칠간 찍은 사진이 더 많듯이.

그러고 보니 이런 질문을 받았을 때, "(지금은 헤어진) 그 사람과의 추억 중에 뭐가 가장 기억에 남아?" 그때도 나는 여행을 떠올렸던 것 같다. 그리고 그때도 그것이 조금 신기하다 느껴졌던 것 같다. 1년 365일 거의 매일 연락하고 만나고 그랬던 것 같은데, 그 많은 시간들의 기억은 도대체 어디로 다 날아가 버린 건지, 그 사람과 여행했던 단 며칠의 짧은 날들만이 이토록 생생하게 기억난다는 것이, 그때도 조금 신기하다 느껴졌던 것 같다.

어쩌면 당연한 일일지도 모른다. 반복되는 하루하루는 굳이 기록하지 않으면, 필름처럼 토막토막의 기억만을 남기고 일상에 묻혀 그대로 날아가 버리고 마니까. 또 낯선 곳에서의 새로운 일들은, 반복되는 일상보단 어쨌든 더 강렬한 인상을 남길 수밖에 없으니까. 그래서 사람들은 그렇게 여행을 가고 싶어 하고, 추억을 만들고 싶어 하는지도 모른다.

그런데 재밌는 건, 사랑도 그렇다는 거다. 한창 사랑에 빠져 있던 그해를 떠올려 보면, 난 분명 사랑 이외에도 많은 일을 했을 텐데,

그 사람과의 추억 이외에는 별로 기억나는 게 없다. 반복되는 지루한 일상. 그 안에서의 사랑은, 선명한 추억을 남기는 여행과도 같은 걸까. 그래서 사람들은 늘 여행을 가고 싶어 하는 것만큼이나 늘 사랑을 하고 싶어 하는 걸까.

그러고 보면 참 닮은 점이 많다. 여행과 사랑. '세상에 가 볼 곳이 얼마나 많은데!' 한 번 갔던 여행지를 또다시 가는 건 바보 같다 말하는 사람들도 있다. 하지만 반대로, 좋았던 기억을 잊지 못해, 혹은 왠지 모를 아쉬움에, 혹은 다시 가면 더 잘 지낼 수 있을 것 같아, 한 번 갔던 여행지를 다시 찾는 사람들도 있다. 한 번 헤어지면 뒤도 안 돌아보는 사람들도 있고, 헤어졌던 사람과의 재결합을 더 원하는 사람들도 있듯이.

또 여행에 있어 가장 설레는 순간은, 그 직전이다. 오히려 여행 그 자체보다 계획을 짤 때가 더 두근두근. 그리고 그 정점은 출발 직전, 공항이다 (혹은 기차역). 나 같은 경우엔 시내에 돌아다니는 공항버스만 봐도 설렐 때가 있다. 나도, 떠나고 싶다! 그런데 사랑도 그렇다. 가장 두근두근할 때는, 사귀기 직전. 그 사람의 마음은 어떨까, 추측하고 기대하고 그러다 마침내 서로의 마음을 확인하는 그 순간. 심장이 터질 듯한 긴장감과 설렘은 아마도, 그 순간이 최고이지 않을까. 그리고 그런 사람들, 이제 막 사랑을 시작하려는 사람들을 보면 나도 설레곤 한다. 공항버스에 타고 있는 사람들을 보면, 나의 지난 여행들이 머릿속을 스쳐 가며 두근두근 나도 떠나고 싶어지는 것처럼 말이다.

그런데 그 터질 듯한 마음으로 여행지에 도착했을 때, 모든 것이 내 계획대로 내 마음대로만 되느냐. 그렇지 않다. 좋은 추억들만 백만 개 생기느냐. 그렇지 않다. 길도 잃어버렸다가, 동행과 싸우기도 했다가, 기대했던 것보다 여행지가 별로인 것 같아 실망도 했다가, 또 미처 생각지도 못했던 문제들까지 곳곳에서 튀어나와 당황스럽기도 했다가, 그런 게 여행 아닐까. 모든 연애가 그렇듯. 내 계획대로 내 마음대로만은 안 되는 것이 여행이고 또 사랑 아닐까.

하지만 무엇보다 여행과 사랑의 닮은 점은, 이것이 아닐까 싶다.

지난 여행이 좋았든 나빴든
일상으로 돌아오는 순간 우리는,
다시 여행을 꿈꾼다.

'집 나가면 고생이라더니, 내가 왜 내 돈 쓰고 여기까지 와서 이 고생인 거야.' 여행 내내 투덜투덜했어도 막상 일상으로 돌아오면, 우리는 여행이 그리워진다. 또 다른 여행을 꿈꾸게 된다. 죽을 것처럼 아팠으면서도, 다시는 사랑 따윈 하지 않으리라 백만 번 다짐했으면서도, 이내 그리워지는 설렘. 이내 또 다른 사랑을 꿈꾸게 되는 우리.

어쩌면 어리석은 일일지도 모른다. 1년 365일 긴 일상에 비해, 여행은 참 짧다. 뜨겁게 타오르는 사랑의 순간 역시 긴 인생, 긴 만남에 있어서는 찰나의 시간일지도 모른다. 그런데도 그 찰나의 시간을 위해, 지지고 볶고 상처 주고 상처받고 아파하고 괴로워하는 사랑을 또 하겠다? 문득, 어떤 소설의 마지막 문장이 떠오른다.

오, 신이시여! 꼬박 일 분간의 지극한 행복!
인간의 삶 전체에 비춰 볼 때 과연 적은 것일까요?

찰나의 지극한 행복. 하지만 어쩌면 그래서 더 필요한 걸지도 모르겠다. 기복 없이 일자로 흘러가는 재미없는 그래프처럼 아무 일 없이 반복되기만 하는 일상, 그런 일상을 살고 있는 우리이기에 더, 꼬박 일 분간의 지극한 행복일지라도, 그 일상에 '반짝'하는 순간이 필요한 걸지도 모르겠다.

그 '반짝'의 순간이 때론
평생의 힘이 되는, 평생의 추억이 되는 기억으로도 남곤 하니까.
그러니까 우리는 또, 하고 싶어지는 게 아닐까.
여행을, 그리고 사랑을.

친구의 연애

결혼식에 갔다 딱 한 번 울컥했던 적이 있다.

H는 대학에서 내가 가장 먼저 만난 친구였다. 입학식 전 신입생 오리엔테이션 가는 버스 내 옆자리에 앉았던 친구. 나는 재수를 했고, H는 빠른 년생 친구였기에 거의 두 살 터울이 났던 만큼 처음 우리의 대화는 이러했다.

"그래도 동기인데 말 편하게 해요."

"어유, 어떻게 그래요. 누나인데…."

볼이 발개져 쑥스러워하던 H. 그때 H의 얼굴엔 꼭 이렇게 쓰여 있는 것만 같았다. '나 순진, 나 범생, 나 곱게 자라 예의 바름.' 하지만 잦고 거친 술자리로 눈 깜빡할 새 3월이 지나자, H가 나를 부르는 호칭은 이렇게 바뀌어 있었다. "야 이년아." 하지만 그 말을 할 때조차 H의 표정은 어쩐지 어색해 나는 그냥 웃겼다. 어떨 때는 친구 같고, 어떨 때는 막내 동생을 넘어 아들 같기도 했던 H라, 과 친구들은 우리를 모자 관계라 놀렸다. 남녀 관계의 애틋함 같은 건 처음부터 지금까지 한 번도 없었다. H에게 여자친구가 생겼을 때는 정말 며느리가 생긴 기분이었고, 나에게 남자친구가 생겼을 때는 새아빠를 소개해 주는 듯한 기분이 들 정도로, H는 내게 정말 가족 같은 느낌의 친구였다.

그런 H가 나보다 먼저 결혼을 했다. "아들 결혼식인데 왜, 한복 입고 가야지." 친구들의 장난에 나도 따라 웃었다. 부럽다거나 그의 신부에게 질투가 난다든가 하는 감정은 전혀 없었다. H의 지난 아픈 연애들도 모두 지켜봐 왔던 친구의 입장에서 그의 행복한 결혼식은 나에게도 큰 기쁨이었다. 그런데 결혼식 중, H와 신부의 어린 시절부터 지금까지의 사진들이 짤막한 글과 더불어 슬라이드로 비치는데 갑자기 내가 울컥. 스무 살 무렵의 H가 등장하는 부분에선 정말 울 뻔했다. 이건 또 무슨 말도 안 되는 오지랖인지 아들 장가 보내는 엄마 마음, 아니 딸 시집보내는 아빠 마음 같은 게 뭉글뭉글 솟아 눈물을 참느라 혼났던 기억.

그런데 그건 분명, H가 이성 친구였기 때문은 아니었다.

동성 친구인 J와 나는 10년 넘게 아주 가까운 사이로 지내 왔지만 서로의 남자친구는 거의 본 적이 없다. 우리는 만날 때 절대 남자친구를 대동하지 않는다. 그럼 남자친구 욕을 못 하니까. 절찬리 열애

중일 때도 적당한 남자친구 뒷담화는 필요하다. 또 남자친구와는 할 수 없는 여자들만의 대화라는 것도 있으니까.

그러던 어느 날 J에게 새로운 남자친구가 생겼다. 물론 그전과 마찬가지로 나는 다 알고 있었다. 처음 만남부터 사귀게 된 과정, 그의 장단점과 성격까지 모두 다. 우리는 언제나 서로의 연애 상황을 보고하는 사이니까. 그런데 이번엔 좀 달랐다. 내가 J에게 이런 말을 한 건 처음이었으니까.

"언제 같이 밥이나 한번 먹자."

나는 처음으로 J의 남자친구가 보고 싶었다. 그리고 또 처음으로 J의 남자친구와 잘 지내야 할 것 같다는 기분이 들었다. 꽤, 오래 만날 것 같았으니까. 그가 J의 모든 일상으로 들어올 것 같은 기분. 그리고 J의 그 모든 일상에는 나 또한 포함돼 있기에, 그와 나는, 잘 지내야 할 것 같다는 기분이 처음으로 들었다.

그리고 나는, 서운했다. 내가 지금 혼자라 연애가 부러운 것도 아니고, J가 나에게 얄밉게 혹은 섭섭하게 대한 것도 아닌데, 나는 서운했다. 그것도 많이, 아주 많이. 딸 시집보내는 아빠 마음이라도 된 양 또다시 펼쳐진 감정의 오지랖.

언젠가 이런 글을 본 적이 있다.

스무 살 무렵 우리가 가장 쉽게 하게 되는 착각 중의 하나는,

스무 살 무렵, 나도 그런 착각을 했다. 하지만 그 시절 매일 붙어 다니던 친구 중에 지금은 연락조차 안 되는 친구도 있다. 물론 그 시절 친구 중 지금도 가깝게 지내는 친구 또한 분명 있다. 하지만 그 또한, 조금은 다른 관계로.

지금 만나고 있는 사람들과 영원히 함께일 거라는 생각은
착각일 수도 있고 아닐 수도 있다.
지금 만나고 있는 사람들과 영원히 연락하며 지낼 거라는 생각은
이뤄질 수 있다. 하지만,

지금 만나고 있는 사람들과
영원히 지금과 같은 관계로 함께일 거라는 생각은
착각이 맞다.

사람은 변하니까. 상황은 달라지니까. 그렇게 관계 또한 달라지니까. H는 결혼을 했고, J는 새로운 일상으로 이어질 연애를 시작했다.

우리는,
우리의 관계는, 달라질 것이다.

우리가 서로를 덜 아끼거나, 덜 챙기거나, 덜 좋아하게 된다는 것

이 아니라 오히려 더 배려하느라, 더 아껴 주느라 우리의 관계는 달라질 것이다.

"날 너무 배려하진 말아 줘. 그럼 나 섭섭해질 것 같아."

J는 말했다. 하지만 아마도 난 배려하게 될 것이다. 아무 때고 불쑥 전화하거나, 주말 약속을 무리하게 강요하거나, 여행을 함께 가자고 조르지도 않을 테고, 나는 이제 늘 J를 생각함에 있어 J의 남자친구 마음 또한 헤아리려 할 테니까. 그래야 우리 셋이 모두 즐겁게 잘 지낼 수 있을 테니까.

너무나 당연하게도 시간은 언제나 흐르고 있다.
그렇기에 우리는 조금씩 흘러간다.
그렇기에 우리는,
그리고 우리의 관계 또한, 변해 갈 수밖에 없는 것.

나는 아직,
그것을 조금도 서운해하지 않고 받아들이기엔
철이 덜 들었나 보다.

친구의 연애.
내가 더 기쁘고 그래서 진심으로 축하해 주고 싶은 마음이지만,
서운함 또한 어쩔 수가 없다.

딸래미 시집보내는 아빠 마음이라도 된 양
감정의 오지랖이 팔락팔락.

나는 지금, 몹시 쓸쓸해하고 있으니 말이다.

죽어버린 시계, 죽어버린 관계

우리집엔 시계가 딱 하나 있다.

 하루 종일 휴대폰을 곁에 두기 시작하면서 알람시계나 손목시계는 더 이상 필요하지 않게 되었지만, 그래도 벽시계는 하나 있었으면 했다. 그리고 하나면 충분했다. 워낙 작은 원룸 오피스텔에 살고 있으니까. 대신 어디서나 볼 수 있는 곳에 벽시계를 걸었다. 책상에서 책을 보다가도, 소파에서 TV를 보다가도, 식탁에서 밥을 먹다가도, 침대에서 뒹굴거리다가도, 심지어 창가에 멍하니 있다가도, 고개만 돌리면 시간을 확인할 수 있는 곳에 시계를 걸어 뒀다.

 저녁 6시 15분. 오늘까지 꼭 해야 할 일이 하나 있었지만, 아직 여유가 있으니 조금만 더 책을 보자 했다. 7시까지만 보지 뭐. 아직 해도 안 졌잖아. 중간중간 시계 쪽을 흘긋거리긴 했지만, 시침이 아직

7시엔 다다르지 않은 듯해 나는 계속 책을 봤다. 원래 다른 일이 밀려 있을 때 책도 더 재밌는 법. 조금만 더, 조금만 더. 그러다 문득 깨달았다. 창문 밖이 깜깜해진 것을. 어? 아직 7시도 안 됐는데, 해가 벌써 졌어? 이 여름에?

그제야 휴대폰 시간을 확인해 봐야겠다는 생각이 들었다. 저녁 9시 23분. 세 시간이 훌쩍 지나 있었던 거다. 그리고 고갤 들어 다시 벽시계를 확인했을 때, 시침은 여전히 7시에 이르지 못하고 있었다. 6시 43분에, 시계는 죽었던 것이다.

이런 바보. 30분도 아니고, 한 시간도 아니고, 세 시간이 지나도록 몰랐다는 게 말이 돼? 어쩌면 나는 모른 척하고 싶었던 게 아닐까. 일이 쌓여 있는 현실의 세계로 돌아오고 싶지 않아 시계가 죽었다는 것, 시간이 흐르고 있다는 것을 모른 척하고 싶었던 게 아닐까. 그 세 시간 동안 벽시계만을 철석같이 믿으며, 한 번도 휴대폰 시간은 확인하지 않았다는 것이 내가 생각해도 말이 안 되는 얘기 같았다.

그런데 더 바보 같은 건, 그다음 날부터의 나였다. 나는 이제 알고 있다. 시계가 죽었다는 것. 건전지를 갈아 끼우기 전까진, 시계가 더 이상 내게 현실의 시간을 알려 줄 수 없다는 것을 나는 이미 알고 있었다. 그런데 나는 하루 종일 시계를 흘깃거렸다. 이런 바보. 시계 죽었잖아. 그때마다 휴대폰을 찾으며 혼잣말을 중얼거리면서도 또 같은 실수, 또 같은 실수. 빨리 가서 건전지를 사 와 갈아 끼우면 될 텐데, 것도 하지 않으면서 바보같이 또 같은 실수, 또 같은 실수.

그렇게 이틀을 보냈다. 그런데 삼 일째 아침, 눈을 뜨자마자 나는 또 벽시계를 봤다. 6시 43분. 멈춰 있는 시간. 죽어 있는 시계.

습관이 무섭구나, 싶었다. '지금 몇 시지?'란 생각과 동시에 무의식적으로 벽시계를 향해 돌아가는 고개. 어쩌면 정말, 몸에 밴 '그 습관' 때문만일지도 모른다. 하지만 동시에 이런 생각도 들었다.

어쩌면 나는, 원래 이런 사람인 건 아닐까.

멈춰버린 시간. 죽어버린 시계.
알면서도 모른 척, 또 까먹은 척, 뒤를 돌아본다.

멈춰버린 시간. 죽어버린 관계.
다 알면서도 자꾸만, 습관처럼, 뒤를 돌아본다.

그렇다고 죽은 시계가 어느 날 저절로 다시 살아날 리 없다는 걸 알면서도, 건전지를 갈아 끼우기 전까진 새로운 시간 또한 불가능하다는 걸 잘 알면서도, 그 일만은 하루하루 미루며, 나는 또 나에게 속는다.

그렇게 나는 얼마나 오랫동안

죽어버린 관계, 죽어버린 시간 속에서 살고 있었던 걸까?

우리가 끊임없이 타인을 찾아 헤매는 이유

"이제 정말, 돌아갈 때가 됐나 보다."

친구가 말했다. 한 달 계획으로 떠나온 여행이 거의 막바지에 다다랐을 때, 우리는 어느 작은 해변 마을 바닷가에 앉아 있었다.

"그러게…."

전후 맥락 없는 친구의 말인데도, 내 입에서 바로 동의의 표현이 흘러나온 이유. 나도 같은 생각을 하고 있었기 때문이었다. 장기 여행으로 인한 피로 누적 때문만은 아니었다. 그렇다고 여행의 불편함이 극에 달해서도 아니었고, 집과 친구들이 그리워져서도 아니었다. 굳이 이유를 찾자면, 지금 우리 앞에 펼쳐진 풍경이 지나치게, 아름다워서였다.

유명하거나 화려한 관광도시도 아니었다. 그저 어느 나라에나 있을 법한 작은 해변 마을. 수평선에 발갛게 걸린 태양을 등진 채 막바지 물놀이를 즐기는 젊은이들, 모래사장에 누워 책을 보는 사내, 개와 함께 산책을 나온 부인, 그리고 다정한 연인들까지. 뭐 특별할 것도 없는 어느 해변 마을에서나 볼 수 있는 풍경. 그런데도 참, 지나치게 평화롭고 아름다운 느낌.

이보다 더 좋은 것은 이제 이 여행에서 남아 있지 않겠구나 생각될 만큼, 그래서 이제 정말 집으로 돌아갈 시간이구나 생각될 만큼, 평화롭고 아름다운 순간. 우리는 말없이 한참을 앉아 있었던 것 같다. 그리고 이제는 떠나야 할 시간. 자리를 털고 일어나며 친구가 말했다.

"근데, 기분이 이상하다. 어쩐지 좀… 슬퍼."

웃음이 났다. 나도, 같은 생각을 하고 있었으니까. 여행이 곧 끝날 것이라는 아쉬움 때문은 아니었다. 평화로운 해변 마을 사람들의 모습이 절대 내 것이 될 수 없는 행복으로 느껴져서도 아니었다. 그저 이 순간이 너무 좋아서, 너무 아름다워서 조금 슬퍼졌을 뿐. 그리고 그 슬픔이 '나는 왜 이 좋은 순간을, 이 아름다운 순간을 마냥 행복해하며 즐기지 못하는 거지?' 나에 대한 짜증으로 변해 가려 할 찰나,

"어쩐지 좀 슬프다. 도대체 왜 슬픈 건지는 나도 잘 모르겠지만…."

친구가 말해 준 것이다. 그리고 그때 떠오른 소설 속 한 장면.

미녀를 보며 남자는 생각했다.

그녀가 그 아름다운 모습으로 내 눈앞에서 어른거리는 횟수가 잦아질수록 나의 슬픔은 더해 갔다.

아름다운 여인 앞에서, 남자는 왜 슬퍼졌을까?

그것이 소녀의 아름다움에 대한 질투 때문인지, 아니면 이 소녀가 지금 내 것이 아니며 앞으로도 영영 내 것이 될 수 없는 타인이기 때문인지, 아니면 소녀의 흔치 않은 아름다움이 지상의 다른 모든 존재들처럼 우연하고 불필요하고 무상한 것이라는 사실을 내가 막연히 느끼고 있기 때문인지, 알 수 없는 일이다.

그리고 덧붙이기를,

어쩌면 나의 슬픔은 진정한 아름다움을 관조할 때 인간의 마음속에서 불러일으켜지는 특별한 감정인지도 모른다. 누가 알겠는가!

가장 아름다운 순간을, 가장 즐거운 순간을, 가장 행복한 순간을, 언제나 이 지랄 맞은 성격으로 만끽하지 못하는 내가, 한때는 나조차도 몹시 짜증스러울 때가 있었다. 그렇게 누군가를 잃은 적도 있다.
'너랑 계속 같이 있으면 나도 우울해질 것 같아.'
그 말이 꽤 오랫동안 마음에 남아 이렇게 생겨 먹은 내가 나 스스로도 짜증스러웠던 시절. 그런데 지금의 나는, 웃을 수 있었다.

"아무튼 지랄 맞은 성격. 끼리끼리 논다고, 어쩜 우린 이렇게 성격도 똑같이 지랄 맞은 거니?"

이 순간을 같은 느낌으로 바라봐 주는 친구가 곁에 있어서.

친구에게 조금 전 떠오른 그 책을 선물해야겠다.

세상에는 우리와 다른 사람들도 참 많다.
그래서 불현듯 외로워질 때도 참 많다.

하지만 그렇지 않은 사람들도 있는 거다.
같은 순간, 같은 생각과 같은 느낌을 공유할 수 있는
타인을 발견하는 즐거움.

그 즐거움이 때론,
살아감에 있어 제법 큰 위안이 되어 주곤 한다.

어쩌면 그 즐거움 때문인지도 모른다.
책을 보고, 영화를 보고, 새로운 사람을 만나고,
우리가 끊임없이 '타인'을 찾아 헤매는 이유 또한 말이다.

그러니 친구에게,
조금 전 떠오른 그 책을 선물해야겠다.

그 시절 그 모습 그대로

연합고사를 며칠 앞둔 중3 겨울이었다. 시험을 앞둔 마지막 학원 수업은 밤늦게까지 이어졌고, "시험 잘 봐." 조금은 긴장된 공기 안에서 인사를 나누고, 각자의 버스에 오르는 아이들. 우리집은 종점이었다. 늘 같은 버스를 타기에 안면만 익은 아이들이 하나둘 내리고, 텅 빈 버스가 되어 승객이 한 명 혹은 두 명만 남을 즘이면, 화려한 간판 조명들도 점점 사라져 띄엄띄엄 가로등 불빛만 남을 즘이면, 우리집 앞 버스 정류장이 나타났다. 버스에서 내리자마자, 하얀 입김이 퍼져 나오던 겨울밤. 이어폰에서 흘러나오는 음악에 기대, 밤의 두려움을 떨쳐내려 애쓰며 집으로 걸어가는 길.

조금, 이상한 기분이 들었다. 내 뒤에, 다른 누군가가 있었다. 벌써 몇 정거장 전에 내렸어야 하는 한 남자아이. 학원 같은 반이었지만, 말은 한 번도 섞어 보지 못했던 아이. 왜였을까. 나는 발걸음이 조금 빨라졌다.

나중엔 거의 뛰다시피 쌕쌕거리며 아파트 단지 안으로 들어섰고, 경비실 불빛을 보고서야 마음이 조금 놓였던 것 같다. 다시 늦춰진 발걸음. 그리고 그 앞을 가로막는 그림자 하나. 그 아이 또한 뛰어왔는지 쌕쌕, 하얀 입김이 겨울밤 차가운 공기 밖으로 가득 퍼져 나오고 있었다. 그리고 그 아이가 뭐라고 입을 벙긋벙긋했던 것 같은데, 이어폰 음악 소리에 나는 그 말을 알아듣지 못했다. 그리고 내 손에 쥐어진 검은 비닐봉지 하나. 당황해 하다 정신을 차렸을 땐, 이미 뒤돌아 저 멀리 뛰어가고 있는 그 아이의 뒷모습만이 눈에 들어왔다. 그 아이가 쥐여 준 검은 비닐봉지 안에는, 포장된 찹쌀떡과 초콜릿이 들어 있었다.

"혹시, ○○○ 씨 아세요?"

그 이름을 듣자마자, 제일 먼저 떠오른 기억이었다. 가끔 무척이나 궁금해지곤 했던 이름이었는데, 가끔은 길을 걷다 괜히 두리번거리게도 만들었던 이름이었는데, 그리고 더 가끔은 아침에 눈을 떠 '지난밤 꿈에 만났던가.' 한참이나 지난밤 꿈을 되짚어 보게 만들었던 이름이기도 했는데…. 나는 그 이름을 까맣게 잊고 있었다. 그렇게 까맣게 잊고 지낼 수 있을 정도로, 한 번도, 우연이라도, 마주쳐지지 않았던 이름이었으니까. 그런데,

"혹시, ○○○ 씨 아세요?"

그런 사람이 살고 있었다. 아니 지금도 살고 있단다. 그것도 나와 꽤 가까운 곳에, 내가 자주 지나치는 길에, 그런 사람이 살고 있단다.

그리고 나는 그 사실이, 몹시도, 불편했다.

이젠 당연히 그 사람도 삼십 대고, 직장인이고, 결혼도 했고, 아이도 있고 그렇단다. 그리고 그 소식을 듣는 내내 나는 왠지, 불편했다. 그 사람이 결혼을 해서도 아니고, 그 사람에게 마음이 남아 있어서도 아니었다. 그저 내가 기억하는 그의 마지막 모습은 학생이었다. 그렇기에 내 기억 속의 그의 모습 또한 언제나 스물 몇 살 쯤의, 아직 소년티를 벗지 못한 학생으로 멈춰 있었다. 그리고 나는, 언제까지나 그가 그 모습 그대로 멈춰 있길 바라고 있었던 걸까.

물론 말도 안 되는 얘기라는 거 안다. 나는 나이를 먹는데, 나도 더 이상 스물 몇 살쯤의 학생이 아닌데, 나 또한 이젠 어디 가서도 도저히 '어른' 아닌 척할 수 없는 모습이 되어 있는데, 그렇게 내 세계의 시간은 차곡차곡 흘러갔고 지금도 흐르고 있는데, 그가 사는 세계라고 시간이 멈춰 있었을 리 없다. 그런데도 나는 불편했다. 아닌 것만 같았다. 그 아이와 그 어른이 같은 사람일 리 없어. 다른 사람일 거야. 상상도 되지 않았다. 그 아이가 어른이 되어 있는 모습. 넥타이를 매고 일을 하고, 주말이면 가족과 함께 장을 보는 모습. 그 아이가 어른, 아저씨가 되어 있는 모습은 상상이 되지 않았다. 그래서 이런 생각이 들었는지도 모르겠다.

그토록 까맣게 잊고 지낼 수 있을 정도로
한 번도, 우연이라도,

그 이름과 마주쳐지지 않았던 것이 도리어,

다행한 일이었는지도 모르겠다는 생각.

그리하여 그는, 내 기억 속에서만은 과거의 모습 그대로 살고 있었다. 더 나이 들지도 않았고, 달라진 것 또한 하나 없이 과거의 모습 그대로. 그리고 그 시절을 떠올릴 때면 나 또한 그 모습 그대로였다. 적어도 내 기억 속의 그 아이와 나는, 그렇게 멈춰 있었다. 아직 소년 소녀티를 벗지 못한 그 시절 그 모습 그대로.

어른이 된 나는, 아마도 그 길을 또 무심코 걷게 될 것이다. 어른이 된 그 아이가 살고 있다는 그 길. 하지만 나는 이제 우연이라도 그 아이와 마주치지 않길 바란다. 혹 스치더라도 서로가 서로를 알아보지 못하기를. 나는 곧 어른이 된 그 아이의 소식은 잊을 것이다. 그 아이 또한 어른이 된 나의 소식은 듣지 못길 바란다. 그렇게 서로, 우연이라도 마주치지 않기를….

어쩌면 나는 바라고 있는지도 모르겠다.

내 기억 속에서도, 그 아이의 기억 속에서도,

우리는 언제까지나, 그 시절 그대로의 모습으로 멈춰 있기를.

모든 것이 변해 가는 세상에서 변색되지 않은,

앞으로 또한 변색되지 않을,

그래서 그 기억을 꺼내 볼 때만은

온전히 그 시절 그대로의 나로 돌아갈 수 있는,
그런 기억 하나쯤은 품고 있고 싶어서.

3

우리는 모두 ─────── 섬이다

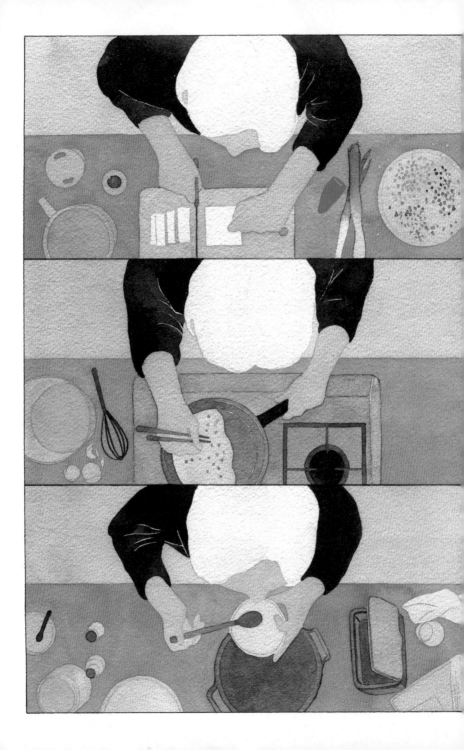

마음이, 너무 바빠서

나, 도대체 왜 이렇게 바쁜 거지?

어느 날 불현듯, 그런 생각이 들었다. 도대체 나, 왜 이렇게 바쁘고 피곤한 거지? 백수가? 어딜 꼭 가야 하는 것도 아니고, 누가 뭘 시킨 것도 아닌데, 도대체 왜?

그런데 나는, 그래서 더 바빴다.
아무도 내게 무언가를 시키지 않아서.

라디오 일을 할 때도 바쁘긴 했다. 매일 생방송, 매일 데드라인, 매일 원고. 하지만 그래서 쉬는 날에는, 마냥 쉴 수 있었다. 하루 종일 자다 깨다 뒹굴거려도, '일주일 내내 열심히 일했잖아. 난 좀 쉬어도 돼.' 일을 하다 한두 시간쯤 딴짓을 해도 어차피 마감 전까지 일을 끝내야 하는 건 오로지 내 몫이니까, '이따 빨리하지 뭐.' 잠들기 전 이런저런 망상들로 뒤척일 때도 어차피 내 잠 줄여 하는 망상이니, '내일 좀 피곤하고 말지.'

하지만 백수가 되고 나니, 조금만 늦잠을 자도 '해가 뜨기도 전에 지는 이런 상황은 뭔가.' 어느 노래 가사가 절로 떠올라 내가 잉여가 된 듯한 느낌이 들고, 운동도 못 하고 글도 한 줄 못 쓰고 그렇다고 영화나 책도 많이 보지 못한 날엔 '하루 종일 나 뭐한 거지.' 자괴감이 들고, 집이 조금이라도 지저분하거나 설거지감이 쌓여 있으면 '놀면서 뭐하냐.' 자꾸만 나에게 짜증이 났다. 그렇게 또 언짢아지면 언짢은 기분에 아무것도 못 하게 되고, 그럼 나는 점점 더 내가 싫어지고.

그러다 보니 나를 바쁘게 돌리게 된 것 같은데, 설거지를 하면서도 이거 끝나면 청소기 돌려야지, 영화를 보면서도 이거 보고 나면 저 책 봐야지, 저 책을 보면서도 이거 빨리 보고 다음 책 봐야지, 운동을 하면서도 오늘은 뭘 좀 써야 하는데, 인터넷 서핑을 하면서도 TV 뉴스 채널을 항상 틀어 놓고, 모처럼 친구들을 만나도 빨리 집에 가 뭐라도 해야만 할 것 같고, 심지어 잠들기 전 (나는 불을 끄고 누워도 쉽게 잠들지 못하는 편인데) 망상으로 뒤척이는 시간까지 잉여 같아 팟캐스트 방송들을 들으며 잠들다 보니, 늘 피곤했다. 몸보다도 마음이 몹시.

하지만 그렇게 피곤하게, 어쩌면 라디오 일을 할 때보다도 더 바쁜 마음으로 지내고 있는데도, 막상 써 놓은 글을 보면 라디오 때에 비해선 턱도 없었다. 그래서 더 조급증이 났다. 나는 왜 이렇게 게으른 거지? 하루에 A4 30장씩도 쓰고 그랬잖아. 아무리 조금 다른 글을 쓰고 있다 하더라도 이건 아니야. 내가 너무 무능하고 게으른 인간인 것만 같았다.

그러던 어느 날, 후배 S에게서 연락이 왔다. 오랜 꿈이었던 소설에 한 번쯤은 모든 것을 걸어 보고 싶다며, 회사를 그만둔 S. 그 후 S는 기회 닿는 대로 여기저기 공모전에도 응모하며 습작을 하고 있었는데, 몇 편 완성된 단편들을 모니터해 줄 수 있겠냐고 내게 연락을 해 왔다. S의 소설은, 기대 이상이었다. 무엇보다 재기발랄한 상상력과 이야기를 거침없이 쭉쭉 풀어 가는 스토리텔링의 힘은 여느 기성작가 못지않았다. 하지만 S의 소설이 번번이 공모전에서 낙방하는 이유는, 왠지 알 것도 같았다. 아직, 우둘투둘한 느낌. 뭐랄까, 처음부터 조금씩 한 단어 한 문장씩 완벽하게 만들어 가는 작법을 가진 작가가 아니라, 일단 한 번에 끝까지 가능한 빠르게 초안을 써 놓은 다음 수없이 고치고 다듬는 작법을 가진 작가의 초고를 보는 느낌이랄까. 조금만 더 다듬으면 짜임새 튼튼한 재밌는 소설이 될 것 같은데, 지금으로선 뭔가 매끈하지 못한 느낌. 내가 받은 그런 느낌들을 조심스럽게 얘기했을 때, S는 눈이 동그래져선 이렇게 말했다.

"어떻게 알았지? 진짜 나 그렇게 쓰는데. 일단 끝까지 한방에. 어떤 건 하루 여덟 시간씩 이틀 만에 쓴 것도 있어요."

그 말에 내가 더 놀랐다. 이걸 이틀 만에 썼단 말이야? 너는 정말 진작 회사 그만두고 소설을 썼어야 하는 아이구나! 하지만 S는 이내 팔자 눈썹이 돼선 자신이 그럴 수밖에 없었던 속내를 털어놨다.

"마음이, 너무 급해요."

왜 아니겠는가. 서른 넘어 잘 다니던 회사 그만두고 소설 쓴다고 들어앉았는데, 왜 눈치가 안 보이겠냔 말이다. 가족에게도, 자기 스스로에게도. 돈은 둘째 치고, 일단 빨리 등단이 돼야 그나마 계속 쓸 수 있는 명분이라도 생길 텐데 공모전에선 번번이 떨어지고, 그래서 조급한 마음에 더 빨리 쓰게 되고, 그러다 보니 우둘투둘해지고, 그럼 끈기를 가지고 한 작품을 계속 들여다보며 찬찬히 다듬고 해야 하는데, 다음 공모전을 생각하면 이 얘기보단 다른 얘기가 더 공모용에 좋을 것 같아 또 다른 것부터 일단 빨리 써 보자, 그렇게 된다는 거였다.

S의 얘기를 듣고 있자니, 어떤 소설가가 진행하는 팟캐스트 방송이 떠올랐다. 대학에서 학생들을 가르치기도 했던 소설가. 예술대 제자들인 만큼 창작열이 대단들 해서 어찌나 많은 작품들을 부지런히 써대는지 놀랍고 기특했단다. 하지만 이런 아쉬움 또한 있었단

다. 많이는 써도, 많이 관찰하고 있진 않은 것 같다는 아쉬움. 소설가는 말했다. 글을 씀에 있어, 한 대상을 집요할 만큼 오래 관찰하고 그것에 대해 깊이 생각하는 것은 무척 중요한 작업이라고. 그래서 자신은 시인이란 '많이 보고 적게 쓰는 사람'이라고 생각한다고. 시인만큼은 아니어도 소설이나 다른 산문을 쓰는 작가들에게도, 관찰하고 사색하는 시간은 무척 중요하다고.

관찰하고, 사색하는 시간.

나는 그것을 잊고 있었다.
마음이, 너무 바빠서.

컴퓨터 모니터에 하얀 한글창을 띄워 놓고 있으면, 뭐라도 빨리 써야만 할 것 같았다. 하지만 맘에 들지 않아 썼다 지웠다를 반복하다 지치면 '오늘도 공치면 안 되는데.' 마음이 또 바빠졌다. 그럼 책이라도 보자, 영화라도 보자, 뉴스라도 보자, 신문이라도 보자, 음악이라도 듣자, 팟캐스트라도 듣자, 쉴 새 없이 내 안에 정보들을 쑤셔 넣어대, 아침에 일어나면 머리가 아팠다. 어떤 날엔 하루 종일 두통이 가시질 않았다. 나는 몰랐던 거다. 그것이 입력되는 정보의 홍수로 인한 과부하였다는 걸. 내 삶에서 사라진 '멍 때리는 시간'을 나는 인지하지 못하고 있었던 거다. 마음이, 너무 바빠서.

침대에 누웠다. 책도 없이, 음악도 없이, 휴대폰도 없이, 불을 끄고 가만히 누웠다. 고요했다. 너무나 고요했다. 내 방이 원래 이렇게 고요했던가. 잠시의 어색함 뒤에 가만히 내 마음을 따라다녀 봤다. 최근에 본 영화와 책에서부터 몇 년 전 친구가 했던 말, 그 친구와 함께했던 어느 여름의 기억, 그러다 또 최근의 고민거리들까지. 두서없이 내 안에 맴도는 기억, 내 안에 맴도는 생각, 내 안에 맴도는 이야기들을 가만히 따라다니는 일, 무척 오랜만이었다.

다음 날 아침 눈을 떴을 때, 머리가 아프지 않았다. 두통 없이 아침을 맞이한 것이 얼마 만인가 싶었다. 눈을 뜨자마자 켜곤 했던 TV 뉴스 채널도 오늘은 켜지 않았다. 고요함을 조금 더 만끽하고 싶었다. 고요한 아침. 고요하게 샤워를 하고, 고요하게 밥을 차리고, 고요하게 식사를 마치고, 창밖을 멍하니 한참이나 내다보기도 하고, 음악 없이 고요히 산책을 다녀오기도 했다. 그러곤 집에 돌아와, 글을 썼다. 아주, 오랜만의 일이었다. 그러곤 또 한참을 멍하니 앉아 있다, 후배 S에게 문자를 보냈다.

'우리, 너무 조급해하지 말자.
조급함의 반대말이 게으르다는 아닌 것 같아.'

두통 없는 하루, 무척 오랜만인 고요한 하루를 보내며 나는 생각했던 것 같다. 충실하게 살되, 이제는 충분히 멍도 때리면서 살아야겠다고. 조급해하지 않는다는 것이 꼭 나태한 삶을 살고 있다는 의미도 아니라는 걸, 너무 오랫동안 잊고 있었던 느낌이었으니까.

착한 사람들에 의한 착한 세상

시간이 맞아 아무 정보 없이 보게 된 영화였다. 대충의 스토리는 커녕, 어느 나라 영화인지, 감독이 누구인지, 어떤 배우가 나오는지, 장르는 무엇인지, 정말 아무것도 모른 채 보게 된 영화.

판타지적 요소는 눈곱만큼도 없었다. 비현실적이다 싶을 만큼 잘생긴 배우들이 나오는 것도 아니었고, 현실에선 좀체 만나기 어려운 엄청난 부자가 주인공인 영화도 아니었다. 타임머신 타고 시간을 왔다 갔다 하는 것도 아니요, 먼 미래에 대한 공상 혹은 까마득한 과거에 대한 전설도 아니요, 괴물이나 영웅이 나오는 영화도 아니었다.

지나치다 싶을 만큼 평범한 외모의 주인공들부터가 무척 현실적이었다. 배배 꼬인 구성도 아니어서 작은 항구 마을을 배경으로 시간의 순서대로 이야기는 차근차근 흘러갔고, 손에 땀을 쥐게 할 만큼의 긴장감 넘치는 사건 또한 없었다.

현란한 화면 구성, 관객들의 심장을 몇 번이나 들었다 났다 하는 위기 탈출의 반복, 그리고 마지막엔 탄성을 자아낼 정도의 허를 찌르는 반전! 따위에 익숙해져 있어서였을까. 이쯤에선 뭔가 나오지 않을까. 나름 긴장을 준비하며 다음 장면 넘겨짚기를 몇 번. 하지만 그때마다 맥이 쫙쫙 빠졌다. 반전은, 없었으니까. 그러니…

'리얼리티가 살아 있는 작품!'이라 평해야 할 것 같았지만, 참 희한한 일이었다. 엔딩크레딧까지 다 올라간 다음 극장 안에 불이 켜졌을 때,

'뭐야, 판타지잖아?'

영화가 너무, 착했다.

주인공 부부뿐 아니라, 조연들도 다, 모두, 너무, 착했다. 이웃의 어려움을 모른 척하는 사람도 없고, 환자의 사적인 부탁까지도 무시하는 의사도 없고, 출세에 눈이 멀어 상관의 지시라면 무조건 따르는 경찰도 없고, 나의 불행을 이용해 내게 잘해 주는 사람을 어떻게든 더 벗겨 먹으려는 사람도 없고, 결정적으로 이 착한 사람들이 결국 어떻게 되느냐.

다 잘됐다. 그렇다고 또 엄청난 변화의 해피엔딩도 아니고, 어제의 조용한 항구 마을 그대로 오늘도 조용한 항구 마을. 평온한 일상으로 영화는 끝났다. 그리고 나는 이런 생각을 한 거다.

'판타지였어, 이 영화.'

그리고 상영관을 나와서야 보게 된 이 영화의 포스터.
그 포스터엔 이렇게 적혀 있었다.

우리가 바라는 세상을 그린 감성적인 '동화'.

그리고 그 밑에 쭉 적힌 이 영화에 대한 평들. 2011 칸 영화제를
행복하게 만들어 준 동화 같은 이야기, 너무나 행복한 꿈을 꾸고 깨
어난 직후의 감정이랄까, 이 시대를 위한 반짝반짝 빛나는 동화 등
등등.

아, 나만 그렇게 느낀 게 아니었나 보다.

평범한 사람들, 착한 사람들이 끝내 복을 받는다, 까지도 아니었
다. 평범한 사람들, 착한 사람들이 그저 차별당하지 않고, 피해당하
지 않고, 좌절해 불행해지지 않고, 그 착한 마음 그대로 평범하게
계속 살아갈 수 있는 세상. 그런 세상을 그린 것뿐인데도 나는, 그
리고 많은 사람들은, 이렇게 느낀 거다.

판타지, 동화.

영화 속에서 의사가 말했다.

"그래도 종종 기적이란 게 있기도 합니다."

일 초의 망설임도 없이 주인공 아줌마가 답했다.

"내 주변엔 없어요."

하지만 아줌마에게 기적이 일어난다. 어제처럼 오늘도, 평범하고 착한 주변 사람들과 함께 억울해할 일 없이, 분노해 할 일 없이 평온하게 지낼 수 있는 기적이.

하지만 영화를 보는 동안에는, 그것마저도 별로 '기적'으로 느껴지지 않는다. 아, 기적이었구나. 이 영화는 판타지 동화였구나. 그것을 깨닫게 되는 것은 영화가 끝이 난 다음.

우리가 살고 있는 영화 밖 현실의 세상에선

그것이야말로 진짜 '기적' 같은 일일지도 모르니까.

착한 사람들에 의한 착한 세상.

그리하여 그 착함으로 인해 그 어떤 불이익도 받지 않는 세상.

어쨌든 우리는 그런 세상을,

그런 세상을 그린 영화를 '판타지, 동화'라 부르고 있었으니까.

투자 회수 가치

아침에 눈을 뜨는 것이 즐거웠다. 안 그래도 새벽별 보고 등교해야 하는 고등학생이었지만, 다른 친구들보다 더 일찍 눈을 떠 더 일찍 학교에 갔다. 아직 조용한 교실 문을 열면, 나보다 먼저 와 점심 도시락을 아침으로 까먹고 있던 친구. 그 옆에 앉으면 나도 배가 고파져 숟가락을 들었고 그렇게 밥을 먹으며 우리는, 서로의 노트를 바꿔 봤다. 친구는 만화를 그렸다. 나는 소설을 썼다. 밤사이 각자의 독서실과 집에서 그리고 쓴 만화와 소설을 바꿔 보는 일. 그것이 우리 아침의 시작이었다.

우리는 고3이 됐다. 친구는 제법 공부를 잘했다. 그것이 문제였다. 친구는 더 이상 만화를 그릴 수 없었다. 친구는 좋은 대학, 만화와 전혀 관련 없는 학과에 입학했다. 그리고 좋은 회사에 취업했다. 그리고 몇 년 후, "나, 회사 그만뒀어." 친구는 일본으로 유학을 갔다. 만화를 배우러.

참 많은 말이 있었다. 이제 와서 만화 공부를 해 뭐하겠다는 건데? 만화가가 된다 한들 밥 먹고 살기 힘든 직업 아니니? 엄청 성공하지 않으면 힘들 텐데 너한테 그런 재능은 있니? 갔다 와서 만화가도 못 되고 나이만 먹고 결혼 시기도 놓치고, 그래도 후회하지 않을 자신 있어?

그 많은 말들에 나는 고개를 갸우뚱. 나는 도리어 기뻤으니까. 학창 시절 서로의 노트를 바꿔 보던 추억이 떠올라, 친구의 만화를 다시 볼 수 있다는 사실만으로 기뻤고, 그래서 응원해 주고 싶었고 심지어 부럽기까지 했으니까.

"다 나를 아끼고 걱정해서 하는 말이라는 거 아는데, 나 신나. 하루 종일 두근두근 그 어느 때보다 설레. 그럼 되는 거 아닐까. 그럼 해도 되는 거, 아닐까?"
그러게 말이다. 친구는 누구의 도움도 없이 그동안 자신이 모은 돈을 들고 일본으로 갔다. 내 힘으로 내 즐거움을 위해 꼬박 4년을 투자해 공부한 친구. 친구가 한국으로 돌아왔을 때는 서른이 넘은 나이였다. 그리고 친구는 지금, 만화를 그리고 있지 않다.

그때 그 좋은 회사 안 그만뒀으면 좋았잖니.
그때부터 차곡차곡 돈을 모았어도 이미 자리 잡았을 텐데.

그때 왜 바보같이, 철없이, 현실을 너무 몰랐다, 네가.

또 많은 말이 있었다. 나는 또 고개를 갸우뚱. 친구의 지난 4년이 정말 아무런 가치가 없었다 생각되는 걸까. 그 많은 말의 그 많은 사람들에겐.

언젠가 이런 얘기를 들은 적이 있다.

"생각보다 소설은 아예 안 보는 사람들도 많아. 기발한 소설? 아이디어? 음, 신선하네. 그런데 뭐? 그래서 어쩌라고? 내 삶엔 아무런 도움도 안 되니까. 그 시간에 그냥 실용서를 보는 게 낫다고 생각하는 사람들도 의외로 참 많아."

어쩌면 같은 얘기일지도 모르겠다.

내 삶에, 현실적인 혹은 바로 도움이 되지 못하는 소설은 읽지 않는다. 앞으로의 삶에, 처음부터 경제적인 이득 혹은 손에 잡히는 성과 따위는 불투명했던 만화 공부를 왜 했는지 모르겠다.

둘 모두 '투자 회수 가치'에 대한 얘기인 것 같으니까.

시간과 노력 그리고 돈이 들어가는 일. 그러니까 투자에 앞서 회수 가치를 따져 봐야 하는데 그들의 눈에는 친구의 투자, 늦은 나이에 번듯한 직장을 그만두고 만화 공부를 했던 것은, 회수 가치가 전혀 없는 종목에 투자해 결국 손해만 본 것으로 생각되는 것이다.

하지만 자신의 인생에서

무엇을 더 '가치 있게' 생각하느냐는

사람마다 다, 다를 수 있는 거 아닐까?

나는 소설을 읽지 않는 사람을 어리석다 생각하지 않는다. 그들은 독서투자에 있어, 소설보다 실용서가 더 회수 가치 높은 종목이라 여기는 거니까. 반면 나는 소설의 회수 가치를 더 높게 여기는 거고. 실제로 나는 내 삶의 많은 것들을 소설을 통해 배웠고, 지금도 배워 가고 있다.

만화에 대한 친구의 투자 마인드 또한 그들과 달랐을 뿐이다.

"나 신나. 그 어느 때보다 설레. 그럼 되는 거 아닐까?"

지금 나를 설레게 하는 것. 그것이 친구에게는 그 무엇보다 매력적인 회수 가치였던 거다. 단기적인 경제적 이득과 현실적 안정보다도 훨씬 더 매력적인 회수 가치.

하지만 결국 실패했잖아. 지금 만화 안 그리잖아.

그럼 결국 투자 실패 아냐?

그 또한 친구와는 다른 투자 마인드를 가진 사람들의 이야기일 뿐.

방송작가는 기본적으로 모두 프리랜서이긴 하지만 그중 라디오 작가는 비교적 안정적인 편이다. 고정된 시간에 매일 출근, 그러니 매달 정해진 날짜에 꼬박꼬박 월급이 들어온다. 내가 그 비교적 안정적인 라디오 일을 그만두고 이제 조금 다른 글을 써 보고 싶다고 했을 때, 나를 가장 지지해 주고 응원해 줬던 사람은 바로 그 친구였다.

"그때 만화 공부를 안 했더라면, 그게 더 후회가 됐겠지. 나를 설레게 하는 일에 모든 것을 투자해 부딪쳐 봤다는 것. 그거면 충분한 거 아닐까. 비록 재능의 한계를 느끼고 실패했다 하더라도."

그리고 웃어 보이던 친구의 얼굴이, 내게는 가장 큰 용기가 되어 줬다. 실패해도 괜찮은 거다. 아니 처음부터 단기적이고 눈에 보이는 '경제적 가치'가 목표였던 일이 아닌 만큼 실패라 말할 수도 없는 거다. 지금 내게, 우리에게, 이만큼의 기쁨, 이만큼의 설렘을 줬다면.

내 인생에서 무엇을 더
가치 있는 투자, 회수율 높은 투자로 생각하는가는
어차피 사람마다 다, 다를 수 있는 거니까.

우리는 모두 섬이다

여의도로 이사 와 처음 한강시민공원으로 자전거를 끌고 나갔을 때, 나는 새삼스러운 깨달음 하나를 안고 집에 돌아왔다.

맞다. 여의'도(島)'도 섬이었지.

자전거 길이, 샛강으로 끊겨 있었기 때문이었다. 뺑뺑 섬을 돌 수는 있으나, 저 강 건너로는 갈 수 없다는 것에 나는 무척 놀랐다. (나중에야 알게 된 사실이지만, 다른 자전거 길이 있었다. 정확히 말하면 다른 쪽에 강 건너로 연결된 작은 다리가 있었다.) 10년 넘게 여의도로 출근했는데, 나는 그동안 여의도가 섬이라는 것을 인지하지 못하고 있었던 것이다. 여러 다리들을 통해 백 번도 넘게, 아니 어쩌면 만 번도 넘게 여의도를 들락거렸을 텐데도, 나는 다리를 건너고 있단 생각은 못했다. 아니 어쩌면, 하지 않았던 걸지도 모르겠다.

그날 이후로도 나는 종종 잊었다. 크고 작은 다리들로 전혀 불편함 없이 얼마든지 언제든지 다른 곳으로 건너다닐 수 있었으니, 여의도도 섬이란 사실을 늘 인지하며 사는 것이 오히려 더 어려웠다.

그런데 어느 늦은 밤, 가만히 창밖을 내려다보고 있는데 새삼 다시 이런 생각이 들었다.

'나는 정말 섬에 있구나.'

깜깜한 한강으로 끊긴 저 건너의 불빛들이 유난히 멀어 보여 그런 생각이 들었던 걸까. 아니면 내가 외로움을 타고 있었던 걸까. 정말 그런 기분이 들었다. 내가 마치 섬에 갇혀 있는 것 같단 기분.

'No man is island.'

'인간은 섬이 아니다.'란 존 본조비의 말로 시작되는 영화가 떠올랐다. 영화 속 주인공은 그 말을 비웃으며 첫 내레이션을 시작한다.

'그것은 말도 안 되는 소리다. 내 생각엔 모든 사람은 섬이다. 게다가 현대는 혼자 살기에 적당한 시대다. 바야흐로 섬의 시대다. 백년 전엔 타인에게 의존해야 했다. TV, CD, DVD, 커피메이커도 없었다. 멋진 물건이 하나도 없었다. 하지만 지금은 천국의 섬에 사는 것과 같다. 올바른 물품과 사고방식만 조달할 수 있다면, 근사한 열대 섬에서 일광욕도 실컷 할 수 있다. 난 내 자신도 바로 그런 섬이라고 생각한다. 난 꽤 멋지다고 생각하고 싶다. 날 근사한 이비사 섬으로 생각하고 싶다.'

정말 그랬다. 지금을 살아가는 내가 섬으로 산다는 건, 정말 어렵지 않았다. 게다가 나는 혼자서도 꽤 잘 노는, 오히려 여럿보단 혼자 노는 것을 좋아하는 사람이라 생각했기에 정말 쉬웠다. 그나마 출퇴근이 있었던 라디오 일마저 그만두고 혼자 작업을 시작하고부턴, 나는 정말 더 혼자 잘 지냈다. 혼자 밥을 먹고, 혼자 운동을 하고, 혼자 글을 쓰고, 혼자 산책을 하고, 혼자 책을 보고 영화를 보고, 그 시간이 길어지자 가끔 지인들을 만나러 여의도를 벗어날 때면 불안하기까지 했다. 어서 나만의 섬으로 돌아가고 싶단 생각마저 들었다.

그러니 내가 '섬에 갇혀 있는 것 같다'는 기분이 든다는 건 말이 안 되는 얘기다. 우리는 누구나 자신이 선택한 삶을 살아간다. 나의 섬 생활 또한 나의 선택이었다. 그런데도 참 이상했다. 그날 밤 나는 정말 그런 기분이 들었으니까. 내가 지금, 이 섬에 갇혀 있는 것 같단 기분. 문득, 그 영화의 결말이 궁금해졌다. 영화는 물론 원작 소설도 찾아봤던 기억은 나는데 왜 그 결말은 바로 떠오르지 않는지. 다시 보기로 결정. 두 시간이 흘렀고, 영화는 끝났다. 그리고 다시 창밖 풍경을 내려다보고 있자니, 이번엔 영화 속 주인공의 마지막 내레이션이 머릿속을 맴돌았다.

모든 사람은 섬이다. 나는 이 말을 믿는다.
하지만 분명한 것은 일부의 섬들은 연결돼 있다는 사실이다.
실제로 섬들은 바다 밑에선 서로 연결돼 있다.

유난히 멀어 보이던 강 건너 불빛들. 그런데 그제야 다른 불빛들도 눈에 들어왔다. 이 깜깜한 밤에도, 이 섬과 저 강 건너를 연결하고 있는 다리 위의 가로등 불빛들. 이 작은 여의도란 섬에만도 크고 작은 많은 다리들이 있다. 또 실제로 섬들은 강 밑에선, 바다 밑에선, 서로 연결돼 있다. 그리고 그걸 너무나도 잘 알고 있었기에 나는 나의 섬을, 나의 혼자를 즐기고 있다 생각했는지도 모른다.

무인도에서 구조신호를 담은 유리병을 끊임없이 바다로 띄우는 누군가처럼, 나 역시 바다 너머로 나의 이야기들을 끊임없이 건네고 싶어 했으니까. 내 이야기들이 누군가에게 가닿기를, 나는 끊임없이 진심으로 바라고 있었으니까.

내일은, 섬 밖으로 나가봐야겠다.

사실 따지고 보면 모든 대륙 또한 섬이다. 바다 위에 띄워진 조금 많이 큰 섬. 우리 또한 모두 그런 섬일지도 모른다. 조금 큰 섬, 조금 작은 섬, 적당한 섬. 크기는 제각각일지 몰라도 다 같은 섬.

다른 곳으로 연결된 다리를 잊으면, 바닷속에 감춰진 연결됨을 잊으면, 끝없이 외로워질 수도 있는 섬. 하지만 다리만 건너면, 그 다리를 찾아내기만 하면, 다시 여럿이 될 수 있는 섬. 우리는 모두 그런 섬일지도 모른다.

그 섬에 갇혔다는 것은, 진실이 아니다.
스스로의 선택이었을 뿐.

내일은, 다리를 건너 봐야겠다.
다른 섬의 친구를 만나러.

그리운 칭찬

"선배는 왜 절 혼내기만 하세요? 왜 칭찬은 안 해 주세요?"

너무도 당당한 말투와 표정. 그래서 친구는 더 놀랐단다.

"저는 칭찬받아야 더 잘하는 스타일인데, 맨날 혼나기만 하니까 실수가 더 많아지는 것 같아요."

직장 후배에게서 이런 얘길 들었다는 친구는, 몹시 흥분해 있었다.

"이건, 지 일 못하는 게 다 내 탓이라는 얘기잖아? 아니, 칭찬할 게 있어야 칭찬을 하지! 맨날 사고만 치고, 했던 실수 또 하고! 내 하루 일과가 걔가 친 사고 수습하는 걸로 끝나는데!"

나도 이 얘길 처음 들었을 땐 입이 쫙 벌어졌다. 학교도 아니고 회사에서, 것도 후배들끼리 모여 선배들 뒷담화하는 자리도 아니고, 그냥 대놓고 직속 선배에게 그런 말을 할 수 있다니.

그런데 몇 년 후, 내게도 비슷한 일이 일어났다.

"일이… 재미없어졌어요."

요즘 왜 이렇게 실수가 잦냐, 무슨 일 있냐, 왜 맨날 멍하냐. 나의 다그침에 눈물이 그렁그렁해져선 후배가 말했다.

"일이… 재미없어졌어요."

누구보다 욕심 많고 열심이었던 후배였다. 그래서 처음엔 눈에 띄게 느는 것이 보였고, 그게 예뻐 나도 신이 나 더 많은 걸 가르쳐 주고 싶었다. 그런데 어느 순간부터 주춤주춤. 그러다 오히려 실수가 잦아지며 뒤로 가기 시작한 거다. 그러니 더 잘할 수 있는 애가 요즘 왜 이러나, 나는 더 답답했던 건데….

"옛날엔 선배가 칭찬도 많이 해 주고 그러니까 재밌고 신나서 더 열심히 하게 됐는데, 요즘은 맨날 혼나기만 하니까…."

아예 일이 재미없어져 버렸다며 나에 대한 원망의 빛을 숨기지 못하던 후배.

"나도 칭찬에 인색한 편이었거든? 애라면 이 정도는 당연한 거 아냐? 상대를 높이 평가할수록 칭찬보다는 모자란 부분을 말해 주는 편이었는데, 이런 얘긴 안 해도 다 알겠지 싶은 너무나 당연한 칭찬도 해 주는 걸 더 좋아하더라고, '사람들'은."

처음 한 선배로부터 이런 얘길 들었을 때만 해도, 그 '사람들'에 내가 포함된다고는 생각지 못했다. 코앞에서 직접 칭찬을 받으면 오히려 민망해지는 나였으니까. 어떻게 대꾸해야 할지 어떤 표정

을 지어야 할지 몰라, 어색하게 웃다 딴 얘기로 화제를 급전환시키
거나 자리를 피해버리곤 하는 나였으니까. 그러니 사람들이 왜 당
연한 칭찬까지도 굳이 직접 듣고 싶어 하는지도 잘 이해가 안 됐다.
비슷한 사람들끼리 친해진다고 내 지인들 또한 대부분 나와 비슷했
으니까. 입에 발린 말이라곤 할 줄 모르는 사람들. 그냥 서로 욕 안
하면 좋아하는 것, 서로 지적 안 하면 인정하는 것. 오히려 너무 칭
찬을 입에 달고 사는 사람들과는 쉽게 친해지지 못했다. 아니 솔직
히 그런 사람들은 좋아지지 않았다. 너무 잦은 그들의 칭찬은, 정말
'입에 발린 말'로만 느껴져서.

그런데 나는 그런 인간이 아니었다.
칭찬을 싫어하는, 입에 발린 말을 싫어하는, 그런 인간이 아니었다.

라디오 일을 그만두고 혼자 작업을 시작하고부터였다. 매일 방송
인 라디오 원고는 그날 쓴 원고가 그날 방송을 통해 바로 소개된다.
그리고 그렇게 방송이 되면 어떤 식으로든 피드백이 올 수밖에 없
다. 요즘은 문자와 인터넷 메시지 등 청취자들의 실시간 반응이 많
아져 방송이 나감과 동시에 청취자들의 메시지가 쏟아진다. 그리고
나는 그것에 몹시 길들여져 있었던 것이다. 나도 모르는 새 그것에,
중독돼 있었던 것이다.

혼자의 작업은 몹시 외롭고 지난했다. 끙끙거리며 한 편을 완성
해도 반응은 없다. 특히 내 마음에 흡족한 무언가를 써냈을 때, 나

는 몹시 외로워하고 있었다. 보여 줄 사람이 없다. 칭찬해 주는 사람이 없다. 갑자기 내 글에 자신이 없어진다. 분명 마지막 마침표를 찍었을 때는 의기양양했는데 자꾸만 들여다보고 있자니 자신이 없어진다. 다시 보니 별로인 것도 같고, 내가 지금 잘하고 있는 건가 자꾸 의심까지 든다. 그렇게 나는, 깨닫게 된 것이다.

아, 칭찬받고 싶다!

나는 사실
그 누구보다도 칭찬받길 원하는,
코앞에서 해 주는 낯간지러운 칭찬까지도 꼭 직접 듣길 바라는,
그런 사람이었음을.

결국 나는, 집에 놀러 온 친구를 앉혀 놓고 강요했다.
"어때?"
그동안 내가 쓴 원고들을 친구 앞에 쫙 펼쳐 놓고 읽어 보라 강요했다.
하지만 이 친구 역시 내 친구였다.
"이건 뭐랄까. 너무 감성적인데…. 밤에 썼지? 낮에 한번 다시 읽어 보고 고쳐 봐."
"이건 너무 길다. 읽다 지쳐. 좀 덜어내도 될 것 같은데…."
물론 나는 이 친구의 이런 솔직함을 사랑한다. 그래서 쑥스러움을 무릅쓰고 원고도 보여 준 거다. 어쨌든 솔직하게 평해 줄 거라

생각했으니까. 또한 친구가 지적했던 내용의 대부분은 나 또한 고민하고 있던 것들이라 수긍도 됐다. 그러나!

"끝이야? 다른 할 말은 없어?"

그 순간 나는, 친구에게 다른 것을 강요하고 싶었던 거다.

"글쎄, 이 정도면 된 것 같은데…. 굳이 더 말하라면 이건 뭐 중요한 건 아닌데, 여기 이 부분에 쉼표…."

"야!"

나는 결국 질러버렸다.

"그거 말고 칭찬, 칭찬 없냐고!"

그것도 아주 노골적으로.

"나 요즘 칭찬에 굶주려 있단 말이야!!!"

숨이 넘어가라 친구가 웃는다. 그것도 한참을.

"아무 말 안 하고 넘어간 원고도 많잖아. 그럼 그건 다 괜찮았다는 뜻이지. 그걸 꼭 말로 해야 아냐, 우리 사이에?"

"응. 말해야 알아. 말해 줘, 제발!"

결국 그날 친구는, 나의 노골적인 강요에 못 이긴, 서로 낯간지러울 만큼의 칭찬을 뱉어내고 나서야 집에 돌아갈 수 있었다. 그리고 나는 몹시 흡족한 마음으로 다시 한글창과 마주했다. 다시 즐거워졌다. 나에 대한 믿음도 조금씩 다시 생겨나는 것 같았다. 그리고 무엇보다 더 열심히, 더 잘해내고 싶어졌다. 또, 칭찬받고 싶었으니까.

그리고,

그래서 더 미안해졌던 것 같다.

나의 칭찬에도 목말라했을 내 과거의 사람들에게.

이제 좀, 헤픈 사람이 되어야 할 것 같다.

그 미안한 마음, 과거의 빚을 갚기 위해서라도

나는 이제 헤픈 사람이 되고 싶다. 칭찬에 무척 헤픈 사람.

나도 이제 알게 됐으니까.

입에 발린 말조차도 누군가에겐 이렇게 자신감을 심어 줄 수 있다는 것, 더 잘해내고 싶다는 마음 또한 갖게 할 수 있다는 것을, 나도 이제 알게 됐으니까.

익숙함을 놓아버린다는 것

내가 무척 좋아하는 만화가 완결됐다.

열여덟 소년이 주인공인 만화였다. 소년은 쭉 열여덟이었다. 그래서 자신은 열여덟이라고 말한 것뿐인데,

"그건 10년 전 얘기고….."

너는 사실 스물여덟이야, 라고 말하는 상대를 향한 소년의 절규.

"이건 문제가 심각해요. 소년 만화의 캐릭터로서 스물여덟이라니! 거, 거짓말이야. 그럴 리가! 내가 벌써 스물여덟!? 어, 어떡하지? 이 취업 빙하기의 가혹한 시대에…. 아직 팔팔한 청춘이라 상관없다며 빈둥빈둥 놀기만 했는데…. 이제 난 어쩌면 좋냐고!"

"영원한 열여덟 같은 게 있을 리 없잖아? 우리가 만난 지도 벌써 10년이 됐으니까! 훗."

그렇게 10년의 세월을 뒤로 한 채, 만화는 끝이 났다.

벌써 10년이라니….

이 만화와 함께한 10년의 추억을 되돌아보게 되는 애틋함.

이렇게 끝이라니….

이젠 더 이상 새로운 에피소드를 만날 수 없다는 섭섭함.

보다, 먼저 든 생각.

이렇게 놓아버리다니! 어떻게 이렇게 놓아버릴 수가 있지?

스토리 중심의 만화가 아닌 매회 다른 에피소드로 이뤄지는 만화였기에, 나 이제 그만할래, 만화가의 종전선언이 더 갑작스럽고 놀라웠다. 어차피 만화가라는 '직업'이 바뀌는 것도 아닌데, 라고 생각할 수도 있겠지만, 나는 이것이 10년 동안 다니던 직장을 그만두는 것만큼이나 쉽지 않은 결정이었을 거라 생각됐다.

물론 매번 새로운 에피소드를 만들어내는 것도 고된 일이었겠지만, 그래도 이미 만들어진, 것도 10년에 걸쳐 탄탄하게 다져진 캐릭터들이 있다는 건, 맨바닥에 헤딩과는 차원이 다르다. 심지어 두터운 독자층까지 갖추고 있었던 만화. 조금 인기 있는 드라마도, 시청률 안 떨어지면 몇 번이고 연장하고 싶은 게 제작진 마인드인데, 10년을 그려 온 만화를, 것도 인기 절정의 순간에 여기서 끝!을 선언한다는 게 어떻게 쉬웠겠냐 말이다. 그런데 만화는 끝이 났고, 그 끝에서 나는 이런 생각을 하고 있었다.

10년의 익숙함을 놓아버린다는 건, 어떤 기분일까.

하지만 도리어 만화가는, 시원해하고 있었다. '만화는 타성으로 하는 게 아니야. 그만둬야 할 때에 깨끗이 그만둬야 한다.' 생각하면서도 10년은 채워야지 했더니, 사실 마지막 1, 2년은 무척 괴로웠노라 고백했다. 그 후기에선 '놓아버림'에 대한 아쉬움 같은 건 전혀 느껴지지 않았다. 오히려 새로운 '다른 세계'에 대한 열망이 보였다. 그래서 이 말 또한 떠올랐다.

미친 짓이란,
같은 일을 반복하면서 다른 결과를 기대하는 것이다.

아인슈타인의 말이란다. 쉘든*이 말해 줬다.

같은 일을 반복하면서 다른 결과를 기대하는 것.
매일 똑같은 삶을 살고 있으면서 다른 삶을 기대하는 것.
내가 손에 쥐고 있는 것, 내가 지금 누리고 있는 것,
내게 편하고 익숙한 것은 아무것도 놓아버리기 싫은데,
내가 꿈꾸는 것은 지금과 다른 '무언가'라면, 미친 거라는 얘기.

쉘든*　　미국 시트콤 '빅뱅이론'의 주인공

그런데 나는 10년 만에 완결된 만화책을 덮으며 제일 먼저 이런 생각을 한 거다.

어떻게 놓아버릴 수 있었을까, 10년의 익숙함을.

나는, 놓아버림이 익숙지 않았던 사람이었나 보다.
하지만 또 부러워는 하겠지?
그 만화가가 또 멋진 '새로운' 만화로 컴백하면.

새로운 것에 대한 기대는
익숙함을 벗어던질 수 있는 자만이 품을 수 있다는 걸,
이제 깨달을 때도 됐는데 말이다.

녹차와 김

물을 끓인다.

컵을 준비하고 차 서랍을 연다.

습관처럼 커피 쪽으로 향하던 손이 멈칫.

겨울이 오나 보다.

이상하게 날씨가 추워지면 나는 녹차가 당긴다.

따뜻한 녹차와 함께 좌식 소파에 앉아 무릎 담요를 덮고 책을 본다.

내가 좋아하는 겨울이다.

가장 편안한 자세와 각, 제대로 잡혔다.

녹차 한 모금과 함께 책장을 펼치…자마자 시작되는 마음속 갈등.

아… 일어나기 귀찮은데….

하지만,

김! 김! 김 먹고 싶다!

이상하게 녹차를 마실 때면 나는, 김이 당긴다. 이유는 모르겠다. 굳이 설명해야 한다면 뭐랄까. 녹차의 떫은맛과 김의 짭조름한 맛 (이때는 꼭 자연의 맛이 살아 있는 웰빙 김 말고, 기름소금장 제대로 발라 구운 인스턴트 김이어야 한다.)이 묘하게 어울려 중독성 짱이랄까.

"너도 혹시 녹차 마실 때 김 먹고 싶어?"
언젠가 친구에게 물었더니, '에에에!??'하는 표정이 돌아왔다. (이 표정 시 친구는 상체를 뒤로 빼 위아래로 나를 훑는다. '뭐, 이런 게 다 있어?' 생소한 동물체를 경계 관찰하는 느낌이랄까.)

그만큼이나 녹차와 김은, 서로 안 어울리는 조합인 걸까.
돼지와 새우젓, 치킨과 맥주, 떡볶이와 오뎅국물 같은 누구나 인정할 수밖에 없는 음식 조합이 있다는 건 나도 안다. 그 안에 '녹차와 김'은 포함되지 않는다는 것도 다 아는데, 그런 빤한 조합 말고 '나만의 음식 조합' 같은 걸 가지고 있는 사람들은 꽤 있지 않을까.

치킨엔 소주지! 하는 사람, 본 적 있다. (치킨도 배부르고 맥주도 배부르니, 오히려 치킨엔 소주가 더 적합하다는 논리를 펼치던.)
회를 와사비 간장이 아닌 쌈장에 먹는 사람, 꽤 봤다. (전라도에선 많이들 그렇게 먹는다는 얘기도 들었다.)
아, 전라도 광주엔 상추 튀김도 있다! 상추를 튀기는 게 아니라,

튀김을 양념간장 살짝 찍어 상추에 싸 먹는 음식. 겁나 맛나다.

그래도 여기까지는 그나마 보편적이고, 마요네즈에 밥 비벼 먹는 사람, 스파게티를 깻잎에 싸 먹는 사람, 떡볶이 국물에 튀김 말고 아이스크림 찍어 먹는 사람, 된장찌개에 감자 대신 사과 넣는 사람도 봤다. 타인으로 하여금 '에에에!??'의 반응을 불러일으킬 수도 있는, 조금 남다른 음식 조합을 즐기는 사람들의 이유? 별거 없다. 맛있으니까. 나에겐 최고의 궁합. 그렇게 먹어야 더 맛있으니까.

나도 그렇다. 따뜻한 녹차에는 김! 내 혀에는 이게 최고의 궁합. 그럼 된 거 아닐까. 맛은 내 혀로 느끼는 건데, 남의 혀 미각 조합 기준이 도대체 나한테 무슨 소용이 있겠냔 말이다. 나만 맛있으면 됐지. 나만 잘 어울린다고 느끼면 됐지.

그런 조합이 있는 거다.
남들에겐 에에에!??
하지만 나에겐 최고의 조합.

그러니,

에에에!?? 그 옷이 너한테 어울린다고 생각해?
에에에!?? 그 사람이랑 너랑 어울린다고 생각해?
에에에!?? 그 일이, 네가 하고 싶다는 그 일이, 정말 너한테 어울린다고 생각하냐고.

뭐, 이런 소리 좀 들으면 어때.
나만 잘, 어울린다고 생각하면 되지.

좌식 소파에 무릎 담요, 따뜻한 녹차에 김을 오물거리며 만화책
을 본다.
내가 좋아하는 겨울이다.

메뉴에는 없어도 웬만하면 다 먹게 해 주는 심야식당*에선, 내가
녹차 한 잔 시켜 놓고 이렇게 외쳐도 주인장이 '에에에!??'하진 않
을 것 같다.

'여기, 김 한 봉 추가요!'

내가 좋아하는 녹차와 김, 아니 만화다.

심야식당* 만화 '심야식당' _ 메뉴는 된장 정식뿐이지만, 웬만하면 먹게 해 준다. 있는 재료로 요리해
서, 혹은 인근 만두 가게에서 배달시켜서, 심지어 기내식 인스턴트 봉지 수프까지 'JAL이
좋아요, ANA가 좋아요?'하면서 내주는 걸 보고 나는 확신했다. 김 무한 리필, 그 주인이라
면 해 줄 것 같다고.

규칙 놀이

　내가 사는 오피스텔엔 방문객을 위한 '1시간 주차권'과 '1일 주차권'이 있다. 그런데 내가 처음 '1일 주차권'을 받으러 관리사무소에 갔을 때, 담당자는 주차권을 찾는 척하며 내게 지나가는 질문인 듯 툭 물었다.

　"근데 누가 방문하세요?"

　그걸 왜 묻는지도 모르겠고 설명하기도 귀찮았던 나는 가장 쉬운 답을 골라 그냥 툭 뱉었다.

　"친구요."

　그 순간 주차권을 찾던 그의 손이 멈췄다. 그러곤 하는 말.

　"친구는, 안 되는데요?"

　"네?"

　'1일 주차권'은 부모님 방문에만 발급된다는 거였다. 나는 잘 이

185

해가 안 됐다. 똑같은 차 한 대가 들어오는데, 그 안에 부모님이 타 있든 친구가 타 있든 무슨 상관인지도 모르겠고, 그걸 어떻게 확인하겠다는 건지, 부모님이 방문하실 때마다 가족관계증명서라도 떼어 오라는 건지, 나는 잘 이해가 안 됐다. 하지만 관리사무소의 입장은 다음과 같았다.

"확인 못 하죠. 그러니까 꼭 필요하다 싶으면 그냥 다음엔 거짓말하세요. 이번엔 이미 친구라고 해서 안 되지만."

놀라웠다. 거짓말을 유도하면서까지 왜 그런 규칙을 적용하려 하는 건지, 나는 잘 이해가 안 됐다. 그럼 부모님이 없는 사람은 방문객 주차 혜택을 영원히 누릴 수 없다는 건가. 똑같은 관리비를 내면서? 주차난이 문제라면 차라리 '1일 주차권' 가구당 월 몇 회 제한등이 더 효율적인 거 아닐까. 그래서 물었다. 이 규칙을 어떻게 하면 바꿀 수 있는지. 입주민 회의 같은 거라도 있지 않냐고. 하지만 관리사무소의 입장은,
"못 바꿔요. 원래부터 그렇게 정해진 거니까 당연히 못 바꾸죠."
"네? 영원히요?"
"네. 영원히요."

대한민국에선 헌법도 적법한 절차를 통해 바꿀 수 있는 여지가 있건만, 영원히 못 바꾸는 규칙이 있다니…. 놀랍고, 답답했다. 하지만 나는 꾹 참고 다시 한 번 물었다.

"똑같은 차 한 대가 들어오는데, 그 안에 부모님이 탔든 친구가 탔든 그게 도대체 무슨 상관인 거죠? 차라리 방문객은 무조건 안 된다, 돈을 내야 한다면 모를까."

"그건 안 되죠! 부모가 자식집에 오는데 어떻게 돈을 내라고 해요! 동.방.예.의.지.국.에서."

대화는 종료됐다. 동방예의지국이란 말 앞에서 더 이상 논리적인 대화를 기대하는 건 무리라고 판단됐기 때문이었다. 그는 지금 '규칙 놀이'를 하고 있는 것처럼 보였으니까. 규칙 놀이에서 가장 중요한 건 그 규칙을 무조건 사수하는 것. 수단과 방법을 가리지 않고.

'등교 시 무조건 흰 양말만' 같은 굳이 저런 규칙을 왜 만들었을까 싶은, 없어도 될 것 같은 규칙. '한여름에도 무조건 넥타이 착용' 같은 업무 능력 저하라는 치명적 단점을 가진, 도리어 효율성을 떨어뜨리는 규칙. 그리고 아직도 세상엔 너무나 많이 남아 있는, 이제는 반드시 없어져야만 하는 혹은 달라져야만 하는 규칙. 그런 규칙들을 수단과 방법을 가리지 않고 일단 무조건 사수하고 보려는 사람들을 볼 때면, 나는 이런 생각이 들었다.

'규칙 놀이에, 깊게 빠져 계시는구나.'

세상에는 그런 사람들이 있는 것 같았다. 규칙 놀이가 삶의 의미가 되어버린 것만 같은 사람들. 그래서 그 규칙의 부당함을 얘기하려 하면 주먹구구식의 비논리로, 심지어는 실제 주먹을 사용해서라도 일단, 무조건, 그 규칙은 지켜야만 하는 사람들. 그것이 자신의 권위이고, 그것이 곧 자신의 삶이라 믿는 사람들. 어쩌면 이런 이유들 때문인지도 모른다.

1. 지금 내가 가진 것들을 놓고 싶지 않다. 그것이 규칙을 휘두르는 권력 자체이든, 그 규칙에서 파생되는 어떠한 이득이든.
2. 변화가 귀찮다. 그 규칙이 내게 별 도움 안 된다 하더라도, 심지어 내게 손해가 된다 하더라도, 지금까지 이렇게 살아왔으니 어쨌든 변화는 귀찮고 싫다.

보수. 그래도 1번은 목적이 있는 보수다. 그래서 무조건 비난만 할 수도 없는 보수. 그러나 내가 가장 두려웠던 것은 2번. 내가 맹목적 보수가 되는 것이었다. 잘 모르겠지만 변화는 귀찮고 싫어. 나중에 더 좋아진다 해도 어쨌든 지금 당장의 귀찮은 변화는 그냥 딱 싫어.

얼마 전 지인에게서 '분노하라'라는 제목의 책을 선물받았다. 반나치 레지스탕스 운동가였고, 세계인권선언문의 초안 작업에도 참여했던 스테판 에셀이 93세의 나이로, 그 어느 것에도 분노하지 않는, 그래서 침묵하는 (심지어 투표조차 하지 않는) 젊은이들에게 보내는 분노의 글이었다. 분노 없이 세상은, 절대 더 나은 세상으로 나아갈 수 없다는 이야기를, 93세 노인이 썼다고는 믿기지 않을 정도의 열정적인 어투로 써 내려간 글. 물론 나에게, 그처럼 열정적으로 분노하며 살아갈 용기와 의지, 혹은 부지런함이 있다고는 말할 수, 아니 감히 상상할 수도 없다. 하지만 적어도 나는 이런 사람이 되고 싶었다. 지금 내가 할 수 있는 분노는 하자. 지금 내가 할 수 있는 표현과 행동은 하자. 그래야 자격이 있다고 생각했다.

더 나은 세상이 되지 못하고 있음을,
더 나은 세상이 되지 못하도록 막고 있는 사람들을, 비난할 자격.
더 나은 세상에 살고 있지 못함을, 불평할 자격.

하지만 그 또한, 쉽지 않은 일이었나 보다. 자장면을 짜장면이라 부를 수 있게 됐다. 짜장면 외에도 맨날, 간지럽다, ㄲ적거리다 등 39개 낱말이 복수표준어로 새로이 인정됐다. 그중 내 눈에 확 들어온 건 '맨날'. 쓸 때마다 꺼림칙했던 단어 중 하나였다. '만날'이라고 쓰면 오타 아니냐고 묻는 사람들이 있고, 그렇다고 구어적 느낌을 살려 '맨날'로 쓰자니 한글창에 빨간색 밑줄이 나타난다. 아, 거슬려. 그러면서 괜히 잘난 척, 언어는 불역성과 가역성을 동시에 지니고 있는 존재니, 시대가 변하면 언어의 규칙도 달라져야 하는 게 맞는데 어쩌고저쩌고 투덜투덜. 그러니 이제 '맨날'도 표준어로 인정됐겠다. 얼씨구나 좋다 춤추며 좋아해야 하는 게 맞는데, 나는⋯⋯ 귀찮아하고 있었다. 그것도 말도 안 되게 사소한 이유로. 지금까지 써 둔 원고들, 다시 다 찾아서 고쳐야 하나? 귀찮은데 말까? 그래도 찝찝한데 어떡하지? 그러다, 에잇 진작 인정해 주든가 아니면 아예 말든가. 아우 귀찮아!

동시에 나는, 놀랐다.

이 사소한 변화조차 은근슬쩍 귀찮아하고 있는 내 자신에게.

그건, 내가 늘 답답하다 생각해 왔던 사람들의 모습이었으니까. 그냥 원래 규칙대로 하자. 대충대충 좀 넘어가자. 어쨌든 변화는 귀찮은 일이니까. 나중은 나중이고, 지금 당장은 어쨌든 귀찮음을 야기하니까.

'맨날'을 '만날'로 고쳐 써야 할 때마다 짜증내 했으면서, 시대를 역행하는 듯 느껴질 정도의 지나친 방송언어 심의와 대중가요 심의 등의 각종 심의에도 짜증내 했으면서, 정작 이 사소한 변화 하나에는 귀찮아하다니.

나는 갑자기 두려워졌다. 어쩌면 이 사소한 귀찮음 하나하나가 쌓여, 나는 답답한 사람으로 변해 갈지 모른다. 규칙 놀이에 빠져버린 답답한 사람. 대한민국에선 헌법도 적법한 절차를 통해 바꿀 수 있지만, 그리고 분명 그러하다고 믿고 생각하고 있지만, 내 일상의 귀찮음을 요하는 사소한 변화에는 침묵하는 사람. 그래서 분노하지도, 행동하지도, 표현하지도 않으면서 투덜거림은 많은 사람.

잠시 돌아봐야만 할 것 같다. 귀찮음을 무릅쓰고.

나는 지금, 마땅히 분노해야 할 것에 분노하고 있는가.

나는 지금, 그 분노에 대해 내가 할 수 있는 최소한의 표현과 행동은 하고 있는가.

　그렇지 않다면 선택해야 할 테니까.

　분노하고 행동하든가.
　아니면 그 누구도 비난하지 말고, 그 무엇도 불평하지 말고, 조용히 살든가.

균열

언제나 그렇듯 사고는,
부지불식간에, 그리고 아주 순식간에 일어난다.

아주 잠깐의 방심,
눈 깜짝할 새,
생각지도 짐작지도 못하는 새,
냄비가 타올랐다.

고구마가 다 익었을까.
아주 방금 전 냄비 뚜껑을 열고 젓가락으로 고구마를 찔러 봤다.
훅 올라온 김에 뿌예진 안경 너머로 젓가락은 잘도 들어갔다. 거의
다 익었다고 생각됐지만, 조금 더 푹 익히면 더 맛있겠지? 냄비 뚜
껑을 도로 닫고 욕실로 들어가 시간을 때우기 위해 천천히 이를 닦

았다. 그런데 욕실 문을 열자마자 느껴지는 매캐한 냄새. 서둘러 달려가 가스레인지 불을 껐지만, 이미 부엌은 연기로 가득했다. 이를 닦는 그 잠깐 사이에 물이 바닥나고, 냄비가 타버린 것이었다.

침착하자.

레인지 후드를 켜고, 고구마와 삼발이를 걷어내고, 냄비에 뜨거운 물을 받았다. 좀 담가 뒀다 닦으면 되겠지. 그런데, 쉽지 않았다. 팔만 죽어라 아프고, 그을림은 조금도 가시지 않았다.

머리를 쓰자.

지식 검색이 추천하는 방법들을 써 보기 시작했다. 먼저 냄비에 물을 담고 세제 풀어 끓이기. 그런데 끓기가 무섭게 보지직 촬, 넘쳐버렸다. 가스레인지가 온통 세제 물로 출렁. 게다가 냄비는 닦이지 않았다. 식초물에 한 시간 넘게 담가 둔 다음 나무 주걱으로 벗겨내기도 시도해 봤지만, 결국 에이 씨! 잔뜩 신경질이 나 애먼 나무 주걱만 던졌다 결과는 또 참사. 얼굴에 식초물을 뒤집어쓴 거다.

괜한 짜증과 후회가 급속도로 밀려왔다.

왜 평소엔 잘 먹지도 않는 고구마를 갑자기 찌기 시작했는지, 아니 그 전에 왜 마트에서 고구마를 집어 들었는지, 아니 다 익었다 싶었을 때 그냥 불을 껐으면 됐지 뭘 더 얼마나 맛있게 먹겠다고 이 닦으며 시간을 때웠는지, 왜 하필 그때 이를 닦았는지. 후회와 자책과 신경질이 동시다발로 밀려오고, 팔 어깨 심지어 등까지 죽어라 욱신거려 계속 혼자 주물러대며 정신 사납게 방 안을 왔다 갔다 씩씩거리기를 한참.

그러다 갑자기,
기운이 쑥 빠져버렸다.

역시, 참 어렵구나.
새삼 이런 생각이 든 거다.

언제나 사고는 그렇게 찾아온다.
부지불식간에, 그리고 순식간에. 반면 그것을 수습하고 회복하는데는 너무나 많은 시간과 에너지가 소요된다. 그래서 참 만만치 않다. 산다는 거 말이다. 어떤 이는 드라마에 대한 정의를 이렇게 내렸다고 한다.

인간 사회에 벌어지는 드라마라는 것은,
평온하던 삶의 균형이 깨어진 뒤에
그 균형을 회복하려고 투쟁하는 인간의 이야기다.

대부분의 소설과 영화. 이야기는 그렇게 시작된다.
부지불식간에 찾아온 사고, 일상의 균열. 그게 시작 후 5분이라면, 그 후 나머지 시간은 몽땅 그것을 수습하는 데 소요된다. 평온을 되찾기 위해 이리 뛰고 저리 뛰는 주인공. 그러다 작은 균열이

더 큰 균열을 야기하기도 해 더 갈팡질팡 좌충우돌 쓰러졌다 일어
났다…. 또한 현실의 삶을 투영하지 않는 드라마라는 것은 있을 수
없으니 우리의 일상에서도 사고는, 균열은, 그렇게 찾아오곤 한다.

부지불식간에, 그리고 순식간에,
냄비가 타버린다. 컵이 깨진다. 거울에 금이 간다.
평온했던 일상에도 금이 간다.

그 사고 또한 내게 그렇게 찾아왔다.
부지불식간에, 그리고 순식간에. 이게 무슨 일인지 파악할 겨를
도 없이, 어떻게 이런 일이 벌어지게 된 건지 되짚어 볼 겨를도 없
이, 이미 나는 '그 사고' 속에 놓여 있었고, 내 평온했던 일상과 잔잔
했던 마음은 마구 뒤틀리고 있었다.

늘 그랬던 것 같다.
누군가가 내 마음에 들어오는 균열, 그것은 내 의지와 에너지를
요하지 않았다. 정신을 차려 보면 나는 이미 그를 사랑하고 있었다.
그 시작은 늘 사고와 같았다. 순식간에 타오른 냄비처럼 부지불식
간에 깨져버린 평온.

그런데 회복에는,
왜 늘 이토록 많은 시간과 의지와 에너지가 필요한 것일까.

닦고, 닦고, 또 닦았다.

빨리 닦인다는 비법들도 총동원했다. 냄비에 물을 담아 얼리면 얼음이 떨어지면서 그을림도 제거된다기에 그 방법도 써 봤고, 마법의 가루라는 베이킹 소다를 이용해 보기도 했지만, 쉽지 않았다. 겨우 다른 음식도 해 먹을 수 있을 정도까지 닦았을 때는 이미, 나의 팔과 어깨 심지어 등 근육까지 얼얼한 상태였다. 그 얼얼함과 함께 한참 동안 닦인 냄비를 바라봤다. 드디어 닦아내고 말았다는 뿌듯함에 조금 들뜰 법도 한데, 이상하게 나는 도리어 조금 가라앉았다. 평온해진 마음. 하지만 그 평온함은 이미, 사고 전의 평온함과는 조금 다른 감정이었다.

회복은 됐다 하지만 그 냄비가 더 이상,
타버리기 전의 냄비와는 똑같을 수 없는 것과 마찬가지로.

평온하던 삶의 균형이 깨어진 뒤에
그 균형을 회복하려고 투쟁하는 인간의 이야기.
드라마 속 주인공들 또한 그 끝에는 이미, 다른 사람이 되어 있다.
사고를 겪기 전의 그와는, 다른 사람.

한번 타버린 냄비는, 돌아갈 수 없는 거다.
타버리기 전의 그 모습 그대로는.

물론 닦아낼 만큼 닦아냈으니

이제 다른 음식을 또 담을 수야 있을 것이다.

하지만 그 냄비는 이미, 예전의 그 냄비일 수는 없는 거다.

사라져버린 이야기들

음악 하는 지인의 페이스북에 이런 글이 올라왔다.

아이폰 음성 메모에 몇 주 전에 넣어 뒀던 새 곡이 무슨 까닭인지 사라졌다. (……) 독특한 곡이었는데 까맣게 잊었고 급기야 잃어버렸네.

'좋아요'란 말이 어울리지 않는 상황이었지만, 나도 모르게 '좋아요'를 누를 뻔했다. 지나칠 만큼, 공감이 됐으니까.

어디라도 적어 두지 않으면 곧잘 잊어버리는 일이 잦아지면서, 나는 여기저기 사방에 메모를 하기 시작했다. 요리를 하다가 떠오르면 포스트잇에 적어 냉장고에 붙여 놓고, 자다 깨서도 침대 옆에 놓인 메모지와 연필을 집어 들었다. 컴퓨터 메모장과 휴대폰 메모장을 유용하게 활용하고 있음은 물론이요, 외출 시 내 가방에는 언제나 수첩과 연필이 들어 있다.

　그런데 이런 '메모의 생활화'에는 맹점이 있다. 안심하게 된다는 맹점. 메모가 '완성된 글'인 것도 아닌데, '완결된 이야기'인 것도 아닌데, 나는 자꾸 안심을 하게 된다. '일단 적어 뒀으니까 나중에 쓰지 뭐.' 안심하고 미룬다. 그리고 잊어버린다. 그러다 잃어버린다.

　실수나 우연 혹은 까닭을 알 수 없는 악재로, 컴퓨터와 휴대폰의 메모가 날아가 버린 일은 물론, 촘촘히 메모 돼 있는 수첩을 통째로 잃어버린 일도 있었다. 무언가 떠올랐을 때, 메모만 해 두지 않고 썼더라면, 바로바로 글로 썼더라면, 사라지지 않았을 이야기들. 그래서 나는 가끔 이런 엉뚱한 생각을 해 본다.

　세상에 얼마나 많은 사람들의,
　얼마나 많은 이야기들이,
　이렇게 어딘가로 사라져버리고 말았을까.

　꼭 나만은 아닐 테니까.
　불현듯 떠오른 이야기를 미루고 미루다 잊어버린, 그러다 마침내 잃어버린 사람.

　심지어 나는 이럴 때도 있다. 메모지를 잃어버린 것도 아닌데, 너무도 한참 전에 적어 둔 메모이기에 '내가 왜 이런 걸 메모해 뒀지?

이게 무슨 이야기였지?' 이런저런 핑계도 댈 수 없이, 오로지 '나의 게으름'만으로 이야기를 잃어버리고 말 때.

메모뿐이 아니다. 누군가에게 꼭 전했어야 할 이야기들, 나를 위해 꼭 완성했어야 할 이야기들 또한 나는 많이 잃어버렸다. '내일 또 볼 텐데 뭐.', '내일 하면 되지 뭐.', '내일 생각해도 늦지 않아.' 그렇게 나는 누군가를 잃었을지도 모른다. 그렇게 나는 지금, 전혀 다른 삶을 살고 있는지도 모른다. 어쩌면 이 또한 나만의 일은 아닐지도 모른다. 그래서 또 엉뚱한 상상은 이어진다.

세상에 얼마나 많은 사람들의,
얼마나 많은 이야기들이,
이렇게 어딘가로 사라져버리고 말았을까.

그렇게 사라져버린 이야기가, 내가 좋아하는 작가의 완성되지 못한 이야기였다면? 내가 좋아하는 뮤지션의 완성되지 못한 음악이었다면? 내가 누군가에게서 꼭 듣고 싶었던, 하지만 끝내 듣지 못한 이야기였다면?

나는 그가 미워졌을 것 같다.
그의 게으름을 한없이 원망하고 싶어졌을 것 같다.

어쩌면 그 이야기는,

나를 감동시켰을지도 모르니까.

누군가를 감동시켰을지도 모르니까.

아니 어쩌면,

그 이야기로 인해 세상은,

조금 더 풍요로워졌을지도 모르니까.

그래도 나는 하지 않았어

만원 전철에서 여중생을 성추행했다는 혐의로 현장에서 체포된 남자는, '나는 하지 않았다'고 주장한다. 하지만 아무도 그의 말에 귀 기울여 주지 않는다.

혐의를 인정하면 벌금형으로 바로 풀려날 수 있다. 딱지 떼는 것처럼 간단하다. 하지만 혐의를 부인하면 재판으로 넘어가기 때문에 돈도 많이 들고, 시간도 많이 들고, 유치장 생활도 길어질 것이다. 그러니 그냥 자백해라. 네가 안 했다고? 그래도 그냥 했다고 인정해라. 그게 간단하다. 재판은 네가 생각하는 것보다 훨씬 더 힘든 과정이다. 경찰도, 검찰도, 심지어 당직 변호사까지도 '혐의 인정'을 강권한다. 하지만 난 하지 않았는걸…. 남자의 싸움은 그렇게 시작된다.

남자와 같은 날, 같은 혐의로 체포됐던 다른 샐러리맨은 그날 오후 벌금

50만 원을 내고 바로 풀려났다. 하지만 남자는 4개월 가까이 유치장에 갇힌 채 재판을 받았고, 1심 판결을 받는 데만 1년이 걸렸으며, 그동안 남자는 '내가 하지 않은 일을 하지 않았다고 증명하는 일'에 매달리느라 다른 일은 아무것도 할 수 없었다.

재판이 진행되는 과정에서도 남자는 '지금이라도 그냥 혐의를 인정하고 피해자와 합의해라. 그럼 바로 끝난다'는 이야기를 수없이 듣게 된다. 형사재판 유죄 선고율은 99.9%. 무죄 선고는 천 건당 한 건뿐. 유죄 판결을 받아도 찍해야 '징역 3개월'. 그러니 1년 넘게 지난한 싸움을 이어가는 남자가 누군가에게는 어리석어 보일지도 모른다. 하지만 남자는 말했다.

"그래도 나는 하지 않았어."

— 영화 '그래도 내가 하지 않았어それでもボクはやってない'

뇌물수수혐의로 기소됐으나, 긴 싸움 끝에 결국 무죄 판결을 받아낸 국내의 한 정치인은 이런 말을 했다. "내가 한 일을 했다고 증명하라면 오히려 쉬웠을 텐데, 내가 하지 않은 일을 하지 않았다고 증명해야 하는 일이었기에 무척 힘겨웠다."

과학에서도 '존재하는 것을 존재한다'고 증명하는 것보다 '존재하지 않는 것을 존재하지 않는다'고 증명하는 것이 훨씬 더 어렵다고 한다. 예를 들어 공룡의 존재는 화석 같은 증거로 증명될 수 있다. 반면 그 시절에 존재하지 않았던 생물을 존재하지 않았다고 증명하는 건? 과학을 잘 모르는 내가 얼핏 생각해 봐도 훨씬 더 어려운 일이겠구나 싶다.

어렵다.
존재하는 것보다 존재하지 않는 것을 증명하는 것.
일어난 일보다 일어나지 않은 일을 증명하는 것.
내가 한 일보다 내가 하지 않은 일을 증명하는 것이 더 어렵다.

그래서 아직 증명하지 못했다.
그럼 나는 그 일을, 한 것으로 추정되어야 맞는가. 하지 않은 것으로 추정되어야 맞는가.

그 논란 때문에 세계인권선언문뿐 아니라 대한민국 헌법에도 이런 원칙이 명시되어 있다. 무죄 추정의 원칙. 유죄로 최종 판정되기 전까지는, 무죄로 추정돼야 한다는 것.
하지만 쉽지 않다. 오히려 현실은 '유죄 추정' 쪽으로 더 기울어져 있는 것만 같다 느껴질 때도 참 많으니까.

유명인이 구속 혹은 기소되면 그날의 신문은 그 사실로 도배된다. 하지만 그들이 무죄 선고를 받은 후 기사는, 그 반의반도 되지 않는다. 어떤 기사가 보도됐다. 누군가 억울하다고 정정보도를 요구한다. 하지만 정정보도는 늘 쉽지 않은 일이고, 정정보도가 된다 해도 그 기사는 훨씬 더 작은 지면에 할애되며, 사람들은 더 이상 그 사건에 관심이 없다. 확인되지 않은 소문, 소위 찌라시라 불리는 루머들에 대해서도 사람들은 너무도 쉽게 이렇게 말한다. 아니 땐 굴뚝에 연기 나겠어?

나도 그랬던 것 같다. 아니 땐 굴뚝에 연기 나겠어? 이 말이, 이런 생각이, 얼마나 무책임하고 무서운 말인가를 직접 경험해 보기 전까진 말이다.

그 날도 두 시간의 라디오 방송을 별 탈 없이 잘 마쳤다. 그날은 특별히 입담 좋기로 유명한 A 가수가 출연해 주어 유난히 웃음도 많았던 방송이었다. 나는 그 두 시간 동안 한 번도 스튜디오를 벗어난 적이 없다. 그런데 몇 주 후 이상한 괴소문이 들려오기 시작했다. 그날 방송에서 A 가수와 친분이 두터운 남자가수 B가 우리 방송과 전화 연결돼, 방송인 줄 모르고, A의 휴대폰으로 걸려 온 전화인 줄만 알고, 어떤 여자가수와의 관계를 비방용 용어를 섞어 떠들어댔다는 것이었다.

전화 연결은 없었다. B 가수뿐 아니라 그 누구와의 전화 연결도, 그날 방송에선 없었다. 하지만 소문은 무섭게 확산되어 갔고, 심지어 본인이 직접 그 방송을 들었다는 사람들까지 인터넷에 수없이 등장하기 시작했다. 게다가 라디오 스튜디오에선 휴대폰 방송 연결이 불가능하다. 오로지 스튜디오에 있는 일반전화로만 방송 연결이 가능하다. 그런데 이런 사정을 누구보다 잘 알고 있는 방송 관계자들까지도 물어 왔다.

"그 소문, 사실이야?"

그 당시 함께 일했던 막내 작가는 친구들에게 헛소문이라고 해명하다 이런 말까지 들었다고 했다. "PD한테 교육받은 말투인데?"

나 또한 한 술자리에서 끝내 내 말을 믿어 주려 하지 않는 선배를 만난 적이 있는데, 내가 논리적으로 요목조목 설명하려 들자 나중엔 노골적으로 불편한 기색을 비치며 이렇게 말했다. "그만하자. 어차피 진실이든 아니든 뭔 상관이야. 그냥 술자리에서 그 얘기로 재밌었으면 됐지."

결국 남자가수 B는 이 사건을 검찰에 수사 의뢰했고, 조사 결과 이 루머는 한 초등학생이 장난으로 인터넷에 올린 글에서 시작된 것으로 밝혀졌다. 하지만 검찰 발표가 있은 후에도 그 수사 또한 조작이다, 음모다 말하는 사람들이 있었고, 몇 년이 지난 지금 이 글을 쓰면서 검색해 보니 아직도 많았다. 그 루머가 사실이라고 믿는 사람들이.

그 사건을 겪으며 나는 처음으로 이런 생각을 해 보게 됐던 것 같다. 그동안 내가 너무도 쉽게 '아니 땐 굴뚝에 연기 나겠어?' 유죄 단정까지는 아니어도 유죄 추정으로 치부해버렸던 소문들 가운데, 사실이 아니었던 것들도 얼마나 많았을까. 그로 인해 상처받았던 사람들은 또 얼마나 많았을까. 존재하지 않는 것, 일어나지 않은 일, 내가 하지 않은 일을 증명하기 위해 지금도 외로운 싸움을 하고 있는 사람들은 또 얼마나 많을까.

그런데도 나는 잠시 잊고 있었다.

열 명의 죄인을 놓친다 하더라도 죄 없는 한 사람을 벌하지 말지어다.

영화 '그래도 내가 하지 않았어'의 첫 화두. 까만 배경에 떠오른 그 문구에 나는 쉬이 공감하지 못했다. 그러나 두 시간이 흐르고 "그래도 나는 하지 않았어." 주인공의 마지막 대사가 울려 퍼진 후 다시 까맣게 변한 배경으로 떠오른 이 문구.

부디 당신이 심판받기를 원하는 그 방법으로 나를 심판해 주기를.

마음이 철렁했다. 나는 또 잊고 있었던 것이다.

일어난 일보다 일어나지 않은 일을 증명하는 것이 더 어렵다는 것. 내가 한 일보다 내가 하지 않은 일을 증명하는 것이 더 어렵다는 것. 유죄보다 무죄를 증명하는 것이 더 어렵다는 것. 하지만 유죄보다 무죄를 증명하는 일이 어쩌면, 훨씬 더 중요하다는 것.

그것을 나는 또 잊고 있었던 것이다.

아니 땐 굴뚝에 연기 나겠어? 혹여 사람의 마음은, 무죄 추정보다 유죄 추정으로 더 쉬이 흘러가게 되어 있는 걸까. 너에게 흠집이 있었으면 좋겠어. 잘못이 있었으면 좋겠어. 그에 대해 떠드는 건, 신나니까. 결점 없는 넌, 재미없으니까.

문득 어떤 소설 속 대사가 떠오른다.

"세상은 재밌어. 진실은 사람을 불편하게 만들지만, 거짓말은 사람을 흥분시켜. 안 그래?"

우리는 누구나 선택한 삶을 살아간다,
기본적으로는

우리는 누구나 '선택한 삶'을 살아간다, 기본적으로는.
나는 그렇게 믿어 왔다.

나는 종종 나를 소설가로 소개하면, 자기가 원하는 일을 할 수 있
으니 행복하겠다고 부러워하는 회사원이나 주부들을 자주 만난
다. 그때마다 나는 심히 의심스럽다. (……) 한번은, 자사에 대한 자
부심이 은근한 어떤 대기업 직원이 나에게 "저도 대학 때 문예 동
아리 활동을 열심히 하던 소설가 지망생이었어요. 이제는 이렇게
평범한 샐러리맨이 되었지만."이라고 말한 적이 있는데, 나는 이
말이, "나의 진짜 꿈은, 한때 나도 소설가 지망생이었던 적이 있지,
하고 말할 줄 아는 샐러리맨, 그래서 낭만성까지 갖춘 듯한, 그러
나 어쨌든 경제적으로 안정된 대기업 충성 샐러리맨이 되는 것이
었습니다."라는 소리로 들렸다.

그래서 이 글을 처음 접했을 때, 통쾌하면서도 한편 뜨끔한 마음이 들었다. 라디오 작가로 일하면서 나 또한 부럽다는 말을 많이 들었다. 하지만 그들 대부분은, 이 직업의 고충에 대해선 궁금해하지도 들으려 하지도 않았다. 한편 나 또한 늘 방송 원고가 아닌 다른 글을 꿈꿨다. 하지만 어쨌든 매달 월급이 들어오는 직업을 포기하기란 쉽지 않았다. 그래서 더,

우리는 누구나 '선택한 삶'을 살아간다, 기본적으로는.
나는 그렇게 믿어 왔다.

누군가를 부럽다 말하기 전에 노력해 봤는가.
지금의 나, 지금의 내 생활을 바꿔 보려 노력해 봤는가.
머리로만 말고 실천해 노력해 봤는가, 정말 최선을 다해.

너무 쉽게 불평하고 포기하고 타인의 삶을 부럽다 말하는 사람들을 보면 그런 의문이 들었다. 하지만 나 또한 사람인지라, 나와 출발선 자체가 다른 사람들을 볼 때면 억울한 마음이 들기도 했다. 내가 백 걸음 달려야 겨우 누릴 수 있는 것들을 한두 걸음이면 누릴 수 있는 사람들이 전혀 부럽지 않았다면 거짓말. 그래도 나는 그런 불평도 일단 백 걸음을 다 달린 다음에나 할 수 있는 것, 그래야 괜한 투정으로 비치지 않을 것이라 생각했다.

그런데 나는 어쩌면, 조금 오만했던 걸지도 모르겠다. '죽을 만큼

노력해서 이룰 수 없는 것은 없다'는 것은 어쩌면 '내가 노력만 하면 이루지 못할 것은 없다'라는 아직 젊은, 아니 아직 어린, 그래서 오만했기에 가능했던 생각이었는지도 모르겠다.

너무, 힘들었으니까. 내가 아무리 노력해도 어쩔 수 없는 것. 내가 나로 태어난 이상 어찌할 방법이 없는 것도 세상엔 분명 존재한다는 것이 힘들었다. 아무리 열심히 아무리 착하게 살아도 찾아오는 재앙이 있다는 것. 피할 수도 막을 수도 없는, 그저 맨몸으로 받아낼 수밖에 없는, 재앙이라 표현할 수밖에 없는 일도 세상엔 분명 존재하고 그것이 내게도 찾아올 수 있다는 사실 앞에서 나는 지나칠 만큼 휘청였다.

선택의 여지 따위는 없다는 것이, 평생 해독제를 찾아 헤맸으나 처음부터 해독제 따위는 없었다는 것을 알게 된 듯 허탈했고, 그 허탈함 안에서 나는 삶의 의미를 찾을 수 없어 끙끙거렸다. 우리는 누구나 선택한 삶을 살아간다고? 내가 헛소리하면서 살았구나. 인생은 그저 랜덤일 뿐이었는데. 나의 의지나 노력 따위와는 상관없이 랜덤으로 축복과 재앙이 배정되는데 더 나은 사람이 되겠다 치열하게 사는 게 도대체 무슨 의미가 있을까.

그런데, 그렇게 끙끙거리던 어느 날. 멍하니 드라마만 보고 있던 내게 불쑥 찾아와 준 말이 있었다.

제가 바꿀 수 없는 것들을 인정할 수 있는 평온을 주옵시고,

제가 바꿀 수 있는 것들을 바꿀 수 있는 용기를 주옵시고,

그 둘을 분간할 수 있는 지혜를 주옵소서.

드라마 스토리와는 아무 상관 없이 비지엠처럼 흘러가던 엑스트라들의 기도문이었다. 나는 그 장면을 몇 번이나 돌려 다시 봤다. 그 안에, 내가 지금껏 찾지 못하고 있던 답이 있었으니까.

세상에는 내가 바꿀 수 없는 것들도 존재한다. 내게 찾아온 불행 앞에서 나는 그것을 배웠다. 하지만 나는 아직 '내가 바꿀 수 없는 것들과 내가 바꿀 수 있는 것들을 분간할 수 있는 지혜'는 생각조차 못하고 있었던 것 같다. 내가 바꿀 수 없는 것들만 원망하느라 바빠서, 내게 선택권이 없는 것들만 바라보며 자기 연민 떨어대느라 바빠서.

나는 특정 종교에 대한 신앙을 가진 사람은 아니지만, 그 기도문만은 꽤 오랫동안 마음에 품게 될 것 같다.

내가 바꿀 수 없는 것들을, 인정할 수 있는 사람.

내가 바꿀 수 있는 것들을, 바꿀 수 있는 용기 있는 사람.

그리고 무엇보다 그 둘을 분간할 수 있는 지혜로운 사람.

나는 그런 사람이 되고 싶다.

우리는 누구나 선택한 삶을 살아간다. 기본적으로는.

단, 세상에는 내가 바꿀 수 없는 것, 내게 선택권이 없는 것도 존재한다.

그렇다고 내가 바꿀 수 있는 것조차 다 바꾸지 못하고 살아가면서, 내가 바꿀 수 없는 것들만 원망하며 사는 바보가 되지 않기를.

나는 그런, 조금 더 지혜로운 사람이 되고 싶다.

4

나를, ————————

  실망시키지 않았으면 좋겠다

나는 이런 어른과의 만남이 즐겁다

최근 1년, 선배의 최대 고민은 '전자책'이었다. 활자 중독이 의심될 만큼 읽는 행위를 좋아하는 선배. 여행 짐을 쌀 때마다 책을 넣었다 뺐다, 넣었다 뺐다. 종이책은 무게가 상당하니 많이 가져가기는 부담스럽고, 하지만 여행 중 읽을 책이 떨어지면 언제나 아쉽고.

"그렇지만 책은 또, 종이책으로 봐야 제맛이잖아?"

그런데 이 선배는, 직업이 여행인 사람이다. 그러니 1년에 몇 번씩 다음 여행을 준비할 때마다 인터넷 쇼핑몰 장바구니에 전자책 단말기를 넣었다 뺐다, 넣었다 뺐다. 그 모습이 하도 답답해서, 내가 사 줘버렸다. 이럴 땐 누가 사 줘버리는 게 정답이니까. 내가 사긴 뭔가 꺼림칙하지만, 있으면 좋을 것 같은 물건 말이다. 그런데 몇 달후, 긴 여행에서 돌아온 선배는 울상을 지으며 이렇게 말했다.

"너 때문에 이렇게 된 거잖아! 너 때문에, 내가 사실은 이런 인간이란 걸 깨달아버렸잖아!"

선배는 자신이 늘, 아날로그 취향의 사람이라고 생각했단다. 디지털카메라보단 필름카메라를 좋아하고, 편하고 빠른 것보단 여유롭고 느린 것이 좋은, 그래서 당연히 전자책보단 종이책을 선호하는 사람. 하지만 선배는 너무도 쉽게 전자책에 마음을 빼앗겨버린 거다. 가볍고, 눈도 덜 피로하고, 세계 어디서든 한국어로 된 새 책을 사 볼 수 있으며, 심지어 누워서 종이책을 보다 책이 코로 떨어져 젠장 하는 순간들도 없어졌다며, 논문도 쓸 수 있을 만큼 전자책의 장점들을 속사포처럼 뱉어내더니, 이내 다시 울상이 된 선배가 이렇게 말했다.

"나는 이런 사람이었나 봐. 그래서 좀 슬프다. 내가 원하는 나는 아날로그형 사람이었는데, 진짜 나는 디지털형 인간이라는 걸 깨달아버린 것 같아 슬퍼. 그리고 이게 다… 너 때문이잖아!"

아니, 이 언니는 왜 선물을 해 줘도 난리야. 웃겼다. 그리고 그 선물이 마음에 쏙 들어서 사랑에 빠졌으면 좋은 거지, 왜 슬프다고 난리냐고. 선배의 모습이 너무 웃겼다.

그런데 나는, 이 선배가 이래서 좋다.
웃겨서…가 아니라, 자신을 인정할 줄 알아서.

우리에겐 누구나 내가 되고 싶은 나의 모습이 있다. 전자책보단 종이책을 좋아하는 사람. 도시보단 자연을 좋아하는 사람. 홍상수 영화를 좋아하는 사람. 카프카 소설을 좋아하는 사람. 내 얘길 하는 것보단 남의 얘길 들어주는 걸 잘하는 사람. 사랑 앞에서 구질구질해지는 건 딱 질색인 사람. 지킬 수 없는 약속은 안 하는 사람 등등. 사소한 취향에서부터 성격과 세계관까지 내가 되고 싶은 나의 모습은 누구에게나 있다.

하지만 어른이 되어 가면서 우리는 깨닫는다. '내가 되고 싶은 나'가 아닌 '진짜 나'를. 사랑을 하고, 이별을 하고, 도전을 하고, 그 도전 앞에서 좌절해 보기도 하고, 많은 사람들을 만나고, 그 사람들과 부대끼며 나를 시험받는 과정을 거치면서, 우리는 알게 된다. 이런 상황에서 나는 결국 이런 선택을 하는 사람, 이런 말을 하는 사람, 이런 행동을 하는 사람.

그리고 그 '진짜 내 모습'이 어쩌면 내 마음에 안 들 수도 있다. '내가 되고 싶은 나'와 너무 달라서 말이다. 그 순간 우리에겐 세 가지 선택이 기다리고 있다.

진짜 나를 받아들이고 그에 순응하는 삶을 살 것인가.
진짜 나를 인정하되 내가 원하는 나를 위해 노력하는 삶을 살 것인가.
그리고 마지막, 진짜 나를 부정하며 '아니거든? 나는 이런 사람이

거든?' 스스로에게 최면을 걸어 마침내 자기 자신까지도 속이는 데 성공하여 계속 '나는 이런 사람이야.' 우기는 삶을 살 것인가.

마지막 선택이 어쩌면, 가장 쉬운 선택일지도 모른다. 진짜 나, 것도 내 맘에 들지 않는 진짜 나를 인정할 수 있다는 게 그리 쉬운 일은 아니니까. 그래서 나이를 먹어 갈수록 많아진다. 자꾸만 우기는 사람들. 이 사람의 성향은 분명 A인데, 입으로는 자꾸만 B라고 우기는 사람.

어른이 된다는 것, 시간이 흐른다는 것은, 무엇에든 조금씩 능숙해지는 걸지도 모르겠다. 그리고 그 능숙함은 물론 좋은 것에도 발휘되지만, 그렇지 않은 곳에서도 맘껏 발휘된다. 특히 자기 합리화.

나는, 나와 취향이 다른 사람도 좋아한다. 나와 성격이 다른 사람도 좋아한다. 나와 세계관이 다른 사람과의 토론도 즐겁다. 하지만 홍상수 영화를 보며 실컷 졸다 나와서는 홍상수 영화를 극찬하는 사람. 카프카 소설 중 단 하나의 줄거리도 기억 못 하면서 (그래서 정말 읽어 본 적은 있는지 심히 의심되지만) 자신은 카프카를 사랑한다고 말하는 사람. 자신은 자기 얘길 하는 것보다 남의 얘길 들어주는 게 좋다는 내용으로 혼자서만 계속 떠드는 사람. 이런 사람들과의 만남은 즐길 수가 없다.

이렇게 자기 합리화에 능숙해진 사람들에게 '논리적인 대화'를 기대하는 건 무리니까. 그러니 '진짜 대화'는 더 이상 불가능하다. 이렇게 자기 합리화에 능숙한 사람들에게 '사과'를 기대하는 것 또한 무리다. 진짜 나는 물론, 나의 단점이나 잘못까지도 인지하지 못하게 만드는 자기 합리화. 그러니 그들과 '진짜 마음'을 나누는 것 또한 불가능하다.

그래서 나는,
아주 드물게 만나게 되는,
이런 '어른'이 반갑고 좋은가 보다.

"아날로그형 인간이 되고 싶었지만, 어쩌겠니. 나는 사실 전자책이 더 좋은 사람인걸. 이거 너무 편해. 너무 좋아. 너도 하나 사 줄까?"

그러고도 선배는 자신이 왜 전자책과 사랑에 빠지게 되었는가에 대해 한참을 떠들었던 것 같다. 하지만 나는 설득되지 않았다. 나는 또 열심히 왜 나는 아직 종이책이 더 좋은가에 대해 얘기했다. 제법 즐겁고 유쾌하게. 이 언니와의 대화는 언제나 즐겁다. 우리의 서로 다른 취향에 대해 논쟁할 때조차.

나는 이런 '어른'과의 만남을 좋아하니까.

그 사람이 어떤 취향이든, 어떤 성격이든, 어떤 세계관이든, '진짜 나'를 알고 있는 어른. 그것을 인정할 줄 아는 어른. 그래서 '대화'가 가능한 어른. '마음'을 나눌 수 있는 '진짜 어른'과의 만남은 말이다.

형편없는 작가, 제법 괜찮은 작가, 훌륭한 작가, 위대한 작가

그녀에게 전화가 왔다.

"많이 썼어? 얼마나 썼어? 잘 써져?"

그녀의 전화는 언제나, 숙제 검사하는 선생님처럼 시작된다. 하지만 나는 알고 있다. 그녀의 전화는 날 감시하기 위함보다는 그녀 자신이 자극받기 위해서임을.

"너는? 너는 좀 쓰고 있니?"

그러니 나도 물어봐 준다. 그녀는 나와 같은 해 라디오 작가를 시작한 유일한 동갑 작가 친구다. 나는 지난해 일을 그만뒀고, 그녀는 올해 일을 그만둘 예정이다. 우리 둘 다 방송 글이 아닌 다른 글을 써 볼 기회가 생긴 거다. 나는 그녀가 소설을 쓰길 바란다. 언제나 쓰고 싶어 했으니까. 실제로 쓰다 만 소설들이 그녀의 컴퓨터 구석 폴더에 숨겨져 있다는 걸 나는 알고 있으니까.

그녀가 나에게 전화를 할 때는 두 가지 이유 중 하나다. 혼나기 위해, 혹은 격려받기 위해. 이제 그녀가 일을 그만둘 날짜가 코앞으로 다가왔고, 본격적으로 다른 글을 써야만 하는 시기가 됐으니, 오늘은 두 가지 모두 필요할 것 같다 판단됐다.

"유혹하는 글쓰기를 다시 봤어."
벌써 몇 번이나 다시 봤지만, 볼 때마다 새로운 부분에서 자극이 되는 책이다. 이번에 꽂힌 부분은 이것. 저자는 세상에 네 가지 작가군이 존재한다고 했다. 형편없는 작가, 제법 괜찮은 작가, 훌륭한 작가, 위대한 작가. 그리고 말하길, 당신이 만약 형편없는 작가인데 제법 괜찮은 작가가 되고 싶다면… 불가능하다고, 빨리 다른 일 찾아보시라고. 또 당신이 만약 훌륭한 작가인데 위대한 작가가 되고 싶다면… 포기하는 게 낫다고, 빨리 포기하시라고. 그나마 한 가지 가능한 것이 있다면, 당신이 꽤 괜찮은 작가였을 때 죽어라 노력하면 훌륭한 작가는 될 수 있다고.

그녀에게 보내는 격려.
나는 그녀가 형편없는 작가라고는 생각지 않는다. 사회성 떨어지고 욱하는 성격까지 있어 윗사람들 비위도 못 맞추는 그녀가, 어쨌든 10년 넘게 라디오 작가로 글을 쓰고 있었다는 것은, 형편없이 후진 작가는 아니라는 증거라 믿으니까.

이제는 그녀가 혼날 차례.

"내가 너한테 톨스토이가 되라는 것도 아니잖아? 이젠 그 정도 파악은 되잖아, 우리."

삼십 대가 내게 준, 우리에게 준 평온 중 하나다. 우리가 톨스토이나 셰익스피어와 같은 위대한 작가는 될 수 없다는 걸 인정하고 받아들이게 된 것. 이십 대가 힘들었던 이유 중 하나는 그것이었으니까. 이상과 현실의 차이. 내가 쓸 수 없는 글을 바라보며 '나는 왜 안 될까. 이렇게 못 쓸 바에는 안 쓰고 말지.' 자학하면서도, '그래도 혹시….' 만에 하나의 기대를 포기하지 못하는 오만으로 성과물 없이 괴로워하는 것.

"그러니까 일단 써. 괜찮은 작가인 네가, 지금 쓸 수 있는 글을 쓰라고. 죽어라 노력하면 훌륭한 작가는 될 수 있다잖아. 네가 지금 아무것도 쓰지 않고 있는 건, 제법 괜찮은 작가인 그래서 어쩌면 훌륭한 작가가 될 수도 있는 너의 재능을 낭비하고 있는 거라고!"

다시 그녀를 위로하기.

지금 글을 쓰고 있는, 글로 밥벌이를 하는 모든 작가들이 위대한 작가일 순 없다. 그렇다면 '위대한'이란 수식어 자체가 무의미한 거니까. 세상엔 위대하진 않지만 제법 괜찮은 작가와 훌륭한 작가들 또한 존재하고, 아니 위대한 작가들은 정말 소수일 뿐, 피라미드의 법칙처럼 훌륭한 작가와 제법 괜찮은 작가들이 훨씬 더 많으며, 그들의 글에 공감하고 위로받고 즐거워하는 독자들 또한 분명 있다. 나도 그런 독자들 중 하나니까. 위대하지 않다는 이유로 다른 모든 작가들이 절필 선언을 해버린다면, 독자의 입장으로서 나는 너무

심심해질 것만 같다. 공허해질 것만 같다. 그래서 나는 그녀가 소설을 쓰길 바란다. 그녀가 분명 형편없이 후진 작가는 아니라는 믿음이 내게는 있으니까.

이제는 마무리.
독자인 나의 심심함과 공허함을 채워 주기 위해서라도 그녀의 첫 책, 그녀의 첫 소설책을 서점에서 만나 볼 수 있는 날이 어서 빨리 왔으면 좋겠다. 제일 먼저 사서, 저자 친필 사인받으러 달려가야지.

"그래!"

전화기 너머로 그녀 특유의 단순 명랑 "그래!"가 들려온다. 취할 거 다 취했다는 뜻. 오늘 그녀에게 필요했던 자극이 다 찼다는 뜻.

전화를 끊자마자 나 또한 노트북을 찾아 펼쳤다. 벌써 며칠이나 지지부진 고전하다 축 처져, 노트북을 외면하고 있던 참이었다. 어쩌면 그래서 더 몰아쳤다 달랬다 혼냈다 격려했다 지나치다 싶을 정도로 그녀에게 긴 잔소리를 늘어놨는지도 모르겠다.

실은 다 내가 듣고 싶었던, 내게 필요했던 얘기들이었던 거다.
내가 그녀에게 했던, 모든 얘기들이.

뭘 그렇게 놀래

"저희 어머니가 어디 가서 이런 말 절대 하지 말라고 하셨거든요. '저 요즘 별 탈 없이 아주 잘 지냅니다.' 그러면 사람들이 싫어한다고요."

그래서 그는 이 노래를 만들었다고 한다.

네가 깜짝 놀랄 만한 얘기를 들려주마. 아마 절대로 기쁘게 듣지는 못할 거다. 네가 들으면 십중팔구 불쾌해질 얘기를 들려주마. 오늘 밤 절대로 두 다리 쭉 뻗고 잠들진 못할 거다. 뭐냐 하면 나는, 별일 없이 산다! 별다른 걱정 없다! 나는 사는 게 재밌다! 하루하루 즐거웁다! 매일매일 하루하루 아주 그냥!

이 노래를 처음 들었을 때의 통쾌함이란!

그의 두 번째 앨범이 나왔다. 애타게 기다렸던 만큼 발매일 눈을 뜨기가 무섭게 구매 완료. 그리고 첫 번째 트랙을 플레이하자마자,

뭘 그렇게 놀래? 내가 한다면 하는 사람인 거 몰라? 내가 빈말 안 하는 사람인 거 몰라? 잘 들어. 미안하지만 네가 보고 있는 것들은 꿈이 아냐. 그리고 잘 봐. 낯설겠지만, 못 믿겠지만, 네가 보고 있는 사람이 진짜 나야. 나도 내가 진짜로 해낼 줄은 몰랐었어. 이렇게나 멋지게 해낼 줄은 몰랐었어. 너도 내가 진짜로 해낼 줄은 몰랐겠지만 더 이상 예전에 네가 알던 내가 아니야!

그래 이거야!
오래 묵은 체증이 내려가는 기분이었다.
내가 찾던 답이 그 안에 있었으니까.

한 지인이 이직을 했다. 내가 선택한 이직이라면, 그 이유는 누구에게나 비슷하지 않을까. 더 좋은 근무 환경 혹은 더 좋은 대우. 아니면 내가 더 원하는 일을 할 수 있는 곳 혹은 내게 또 다른 도전의 기회가 될 수 있는 곳. 그런데 이직 후 만난 지인의 표정은 그리 좋지 않았다.

"그냥 좀… 속상한 일이 있었어요."

전에 다니던 회사, 십 년 넘게 함께 일해 온 사람들로부터 좋지 않

은 얘길 듣게 됐다는 지인. 다른 회사도 겪어 보고 싶다고 했을 때도, 그래서 다른 회사를 알아보고 있다고 했을 때도, 그리고 결국 사직서를 냈을 때도, 그들은 말했단다. 이해한다고, 더 나아가 응원한다고. 하지만 막상 지인의 다른 회사로의 입사가 결정되자, 그들의 반응은 바뀌었다.

배신이다. 네가 어떻게! 각종 사소한 이유들을 끌어모아, 그들이 갑자기 지인을 비난하기 시작한 이유. 내가 보기엔 결국 하나였다. 지인이 옮겨 간 회사가, 전에 회사보다 나쁘지 않은 회사라는 것.

"가족이나 마찬가지인 사람들이라고 생각했는데…."

많이 섭섭했던 모양이다.

"그래도 다는 아니지 않나요?"

지인에게 내가 해 줄 수 있는 말은, 그것뿐이었다.

"그래도 그런 일을 겪고 나면 알게 되더라고요. 내 사람과 내 사람이 아닌 사람을."

"외롭다 생각될 때요? 음… 좋은 일, 생겼을 때요."

언젠가 TV에서 본 누군가의 인터뷰. 그 말에 격하게 공감했던 기억이 난다. 나 또한 그랬으니까. 좋은 일이 생겼을 때, 누군가에게 축하받고 싶은 일이 생겼을 때, 사람들에게 자랑하고 싶은 일이 생겼을 때, 도리어 참 외로웠다.

사람들을 만나면 언제나 듣게 되는 각자의 힘든 이야기들. 그 사이를 비집고, '나, 좋은 일 있어!' 그럴 수가 없었다. 지레 눈치만 보다 돌아왔던 기억. 그런데 그 후 주변 반응은 두 가지로 갈리었다. "너 왜 얘기 안 했어? 정말 축하해!" 진심으로 축하해 주는 사람. "좋겠다?" 말끝에 '흥!'이 붙어 있는 듯한 어투, "걔 요즘 건방져진 거 같지 않냐? 하긴 걔가 원래 좀 그랬지." 결국 내 귀에도 들어오게 될 뒷담화로 내가 도대체 뭘 잘못한 건지도 모르겠는데 괜한 죄책감을 갖게 만드는 사람.

그 과정을 겪으면서 나는 내 마음속에 두 개의 폴더를 만들게 됐던 것 같다. 내 사람, 그리고 내 사람이 아닌 사람.

어차피 후자의 사람들은, 언젠가는 나를 떠났을 혹은 아프게 했을 사람들이라 생각하니 오히려 마음이 편해졌다. 그 사람들 말에 상처받고 아파할 시간에 '내 사람들'에게나 더 잘하자. 그리고 그들에겐 그냥 이 노래나 들려주자 생각했다.

나는 별일 없이 산다!
사는 게 즐거웁다. 매일매일 하루하루 아주 그냥!

"그래? 별일 없이 산다고? 별걱정 없어? 사는 게 즐거워? 그래, 두고 보자. 앞으로 너 얼마나 잘 사는지 내가 두 눈 똑바로 뜨고 지켜볼 테니까!"

순간 움찔, 했다. 역시 만만치 않은 상대였어. 이제 어떡해야 하는 거지. 좀 더 센 게 필요한데, 좀 더 세게 질러 줘야 하는데, 어떡하지? 그때 그가 새 노래로 돌아와 준 거다.

뭘 그렇게 놀래? 잘 들어. 미안하지만 네가 보고 있는 것들은 꿈이 아냐. 나도 내가 진짜로 해낼 줄은 몰랐었어. 이렇게나 멋지게 해낼 줄은 몰랐었어. 너도 내가 진짜로 해낼 줄은 몰랐겠지만!

그 수밖엔 없지 않을까.
어차피 세상 모든 사람들에게서 사랑받을 순 없다. 그런데 어차피 내 사람도 아닌 사람들에게서 '너 어쩌면 그렇게 찌질하게 사니? 이리 와. 내가 토닥토닥해 줄게.' 이런 말이나 듣자고 계속계속 찌질하게 살 순 없는 거 아닐까. 그러니 이 수밖엔 없는 거다.

뭘 그렇게 놀래? 나도 내가 진짜로 해낼 줄은 몰랐었어!

이런 말이라도 할 수 있게 살아야지.

다른 꿈은 엄두조차 나지 않으니까

"조카랑 얘기하다, 나 깜짝 놀랐어."

설 연휴 고향에 다녀왔다는 친구가 말했다. 일곱 살 난 조카는 커서 과학자가 되고 싶다고 했단다. 노벨상 타서 그 상금으로 효도할 거라며. 그런데 친구는 자기도 모르게 이렇게 말해버렸단다. "야, 그건 우리나라가 월드컵 우승하는 것보다도 힘들고, 것도 평생 고생하고 인생 말년에나 받을 수 있을까 말까 한 거야." 그리고 혁 했단다. 내가 지금 어린 조카한테 무슨 말을 하고 있나 싶어서.

설 연휴, 우리집에서도 비슷한 일이 있었다. 초등학생인 큰 조카는 야구선수가 되고 싶다고 했다. 하지만 언니는 단호했다. "운동시키려면 돈이 얼마나 많이 드는데! 게다가 나도 회사 그만두고 애 따라다녀야 하는 건데, 현실적으로 운동해서 성공하는 애들이 몇이나 되겠냐?" 우리집 조카들은 모두, 의사 아니면 판사란 꿈을 강요당

하고 있었다. "세상에 대학이 의대나 법대밖에 없는 건 아니야." 이런 말을 하는 난, 철없는 소리나 하고 앉아 있는 몽상가 이모. 너흰 이모처럼 살면 안 된다.

"너는 커서 뭐가 되고 싶니?"

나 또한 고등학생이 되고 대학생이 되고, 머리가 점점 굵어질수록 상상 가능한 운신의 폭이 좁아졌던 것 같긴 하다. 보다 현실적으로, 보다 안정적으로. 하지만 적어도 일곱 살, 아니 초등학생 때까지만 해도 그 정도는 아니었던 것 같다. 과학자도 되고 싶었다가, 대통령도 되고 싶었다가, 올림픽 같은 거 보면 금메달 선수도 되고 싶었다가, 또 만화영화 보면 마법사나 공주도 되고 싶었다가, 뭐 그런 게 더 자연스러운 아이의 꿈 아닐까. 적어도 내가 어렸을 때는 그런 꿈을 말해도 어른들이 비웃거나 제약하진 않았던 것 같다.

그런데 요즘 초등학생들에겐 야구선수란 꿈도 쉽지 않은 일이 되어버렸나 보다. 하긴 요즘은 의사도 꺼리는 부모들이 있단다. 원래 집에 돈이 많아서 목 좋은 데 크게 병원 내지 않으면 힘들다고. 동네 작은 병원들은 임대료 내기도 힘겨워 문을 닫곤 한다며.

점점 쉽지 않은 세상이 되어 가는 것만 같다. 상상이 점점 쉽지 않은 세상. 상상하면 뭐해, 어차피 안 되는 일. 어른이 되어 갈수록 상상의 폭이 좁아져 가는 건 뭐 새로울 일도 아니지만, 나는 좀 슬펐다. 그 나이가 점점 내려가고 있는 것만 같아서. 그리고 그건, 어른들의 삶이 점점 더 팍팍해지고 있기 때문인 것만 같아서.

우린 너무 힘들구나. 그러니 너희는 한 살이라도 어려서부터 준비하렴. 보다 현실적이고 안정적인 미래를. 쓸데없는 공상에 시간 낭비하지 말고.

최근엔 상상 가능한 운신의 폭에서 일반 회사 취직, 심지어 대기업 취직까지도 지워져 가고 있단다. 취업이 힘들 뿐 아니라, 어떻게 어떻게 취업이 된다 해도 마흔 줄에 쫓겨나기 십상이니까. 그리하여 안정적인 직업의 대표격인 교사, 공무원 시험의 경쟁률은 점점 더 높아만 간다. 내가 아는 대학생 친구들 가운데서도 절반 이상은 그런 시험들을 준비하고 있다. 그것이 꼭 행복한 미래를 가져다줄 거라 믿어서만은 아니다. 그저, 안정적이니까.

다른 꿈은, 엄두조차 나지 않으니까.

한 경제학자가 이런 얘길 했다. 88만 원 세대도 이젠 옛날얘기고 요즘 이십 대는 '5무(無) 세대' 같다고. 88만 원이라도 벌 수 있는 일자리조차, 요즘 이십 대한테는 쉽지 않단다. 일자리가 없으니 소득이 없고, 소득이 없으니 집이 없고, 집이 없으니 결혼도 못 하고, 결혼도 못 하니 아이까지 없는 세대. 그런데 그 말에 어떤 이십 대가 이런 답을 했단다.

"아닙니다. 우린 6무 세대입니다. 우리에겐 희망도 없으니까요."

그 말에, 내 마음도 따라 철렁했다. 그 말은, 이십 대가 아닌 나에게도 무력감을 안겨 줬다. 희망도 품기 힘든 세상에서 어떻게 '상상'을 바랄 수 있겠나 싶어서.

하지만, 어쩌면 그래서 더, 우리에겐 '상상'이 필요한지도 모른다.

어린 시절 누구나 한 번쯤은 이런 상상을 해 봤을 거다. '풍선을 많이 많이 달면 사람도 날 수 있지 않을까? 풍선으로 나는 집을 타고 세계 여행도 할 수 있지 않을까?' 하지만 어른이 되고부턴 그런 상상은 하지 않는다. 여행 짐을 꾸리며 뭘 빼야 할지 고심하다 보면, 집을 통째로 들고 가고 싶다는 엉뚱한 생각이 들기도 하지만, 그건 정말 엉뚱한 상상일 뿐. 이내 '어차피 말도 안 되는 얘기.' 쉽게 그 생각은 접고 만다.

그런데 끝내 '상상'을 접지 않았던 사람이 있었다. '그게 왜 말이 안 돼? 어쩌면 가능하지 않을까? 수만 개의 풍선을 굴뚝으로 연결해서….' 도리어 그 상상을 키워 나갔다. 그리고 마침내 그려냈다. '풍선으로 나는 집'을 만화영화로 만든 거다. 그리고 그 만화영화는 다른 이들의 상상까지 깨워냈다. '그래! 나도 어렸을 때 이런 상상 해 봤는데!' 오랜 시간 많은 이들의 무의식에 갇혀 있던 상상을 끄집어냈다. 그것도 현실로.

그 만화를 본 수많은 사람들이 모여 '풍선으로 나는 집'을 현실에서 시도해 보기로 한 거다. 한 다큐 채널의 주최로 전문가들의 도움까지 받아 꼼꼼하게 계산하고 계획하고 준비한 끝에, 마침내 그들은 해내고야 말았다. 상상은, 현실이 됐다. 삼백 개의 커다란 헬륨 풍선만으로 집은, 날아올랐다. 삼천 미터 상공까지 떠올라 한 시간 가까이 '풍선으로 나는 집'을 보며, 나는 조금 두근거렸던 것 같다. 그리고 무엇보다 그 프로그램의 제목이 오랫동안 잊히지 않았다.

How hard can it be.
어려워 봤자 얼마나 어렵겠어.

이래서 나는 만화가 좋다. 상상을 멈추지 않는 세상. 상상은 '바람'을 불러일으킨다. 정말 그런 일이 현실에서도 가능하다면 멋질 텐데. 정말 그런 세상이 왔으면 좋겠다. 그리고 그 바람이 간절해지면, 그것은 현실이 되기도 한다. '풍선으로 나는 집'처럼.

상상은 바람을 일으키고,
바람은 희망을 꿈꾸게 하고,
희망은 사람을 움직이게 하는 법이니까.

물론 더 이상 상상하지 않는다고 해서, 무슨 큰일이 나는 건 아니다. 단, 변화도 없을 뿐. 아무도 '풍선으로 나는 집'을 상상하지 않았다면, 아무도 '풍선으로 나는 집'을 현실로 만들어내진 못했을 것이다. 상상을 멈추면, 변화도 없다. 지금 현실이 맘에 들든 안 들든 변화는 없다. 그러니까 우리는 계속, 상상해야 하는 거 아닐까.

젊은이들의 입에서 '희망도 없다'는 말이 흘러나오는 시대, 이런 시대에서 계속계속 살고 싶은 사람이 있을까. 적어도 나는 싫다. 달라지길 바란다. 달라지길 희망한다. 그러니 우린 계속, 상상해야 하는 거 아닐까.

어쩌면 우리는,
그 어느 때보다 '변화'가 필요한 시대,
'상상'이 필요한 시대를 살고 있는지도 모르니까.

무모한 도전

배를 지휘하는 콕스만이 다른 팀들이 얼마나 앞서가고 있는가가 보인다. 배의 진행 방향과 역으로 앉아 있는 나머지 8명은 콕스의 얼굴을 보며 콕스의 지휘만을 따라 죽을힘을 다해 노를 젓는다.

이천 미터 조정 경기에 참가한 무한도전* 팀은 꼴등을 했다. 고작 5개월의 연습량으론 당연한 결과였을지도 모른다. 훨씬 더 오랜 기간 훨씬 더 집중력 있게 연습해 왔을 다른 팀들의 노력과 경험치를 생각하면 또, 그래야만 했던 결과였는지도 모른다. 그런데 나는 그들의 레이스를 보며 눈물을 주룩주룩 흘리고 있었다.

무한도전* 무한도전 _ 2011년 8월 7일 방송

꼴등이란 결과에 대한 안타까움 때문도 아니었고,

체력의 한계를 넘어 노를 젓는

그들의 일그러진 표정이 안쓰러워서도 아니었다.

상대 팀들과의 격차가 조금씩 더 벌어질수록,

꼴등이란 결과가 점점 더 당연해질수록,

빨라지는 배, 좋아지는 기록.

"이제 얼마 안 남았어! 우리 멋지게 들어가자!"

　이미 꼴등임을 누구보다 잘 알고 있는 콕스가 목이 터져라 팀원들을 북돋았다. 잘한다, 멋지다, 좀 더 속도를 올려서! 파이팅! 다른 팀들이 모두 결승점을 통과한 이후, 홀로 남은 무한도전 팀의 마지막 오백 미터 기록은, 가장 좋았다. 이천 미터 전체 레이스 가운데서도, 지난 5개월간 연습해 온 기록 가운데서도, 꼴등이 확정 지어진 다음 마지막 오백 미터 기록이, 가장 좋았다.

　그리고 그 모습이 나를, 울게 했다. '아름다운 꼴등'이란 이 식상한 말이, 꼴등을 위로하는 의미만은 아니었음을, 그들이 몸소 증명해 준 것만 같았다. 결승점을 통과하고 이제 다 끝났다는, 이제 노를 쉬어도 된다는 "Easy Oar!"라는 말이 콕스의 입에서 터져 나왔을 땐, 모든 멤버가 눈물을 터뜨렸다.

　그리고 나는 그 모습에서 지난 밴쿠버 동계 올림픽의 김연아 선수가 떠올랐다. 그녀가 눈물을 터뜨린 것은 점수가 발표된 순간도, 그래서 금메달이 확정 지어진 순간도 아니었다. 오로지 자신의 연기를 마치자마자, 눈물을 터뜨린 그녀. 점수와 상관없이, 메달과 상관없이, 자신의 연기만을 마치고 눈물을 터뜨린 그녀가 나는, 그래서 더 멋지다 생각됐다.

그녀는 1등을 했고, 무한도전은 꼴등을 했다. 하지만 둘 모두는 내게 똑같은 감동을 안겨 줬다. 아니 어쩌면 무한도전이 내게는 훨씬 더 강한 자극이 됐는지도 모르겠다. 나는 결국 울어버렸으니까. 그리고, 이런 생각 또한 하게 됐으니까.

나도, 더 열심히 살아 보고 싶다는 생각.

나는 언제나 '최선'보다는 '머리'가 앞선 사람이었는지도 모르겠다. '어차피 잘 안 될 것 같은데….' 실패가 빤히 보이거나, 희망이 1%도 안 돼 보이는 길 앞에선, 언제나 최선보단 머리가 앞섰던 사람.

결과보다 과정이 중요하다는 걸 인정하지만, 과정만큼 결과도 중요하니까. 결과 따윈 아랑곳하지 않고 너무 무모하게만 덤벼들기엔 난 이제 어른이니까. 그래서 나는 언제나 안전한 길만을 선택하거나, 무모한 도전 앞에서는 지레 머리로만 계산해 보고 등을 돌려 왔는지도 모르겠다.

나는 과연, 나 자신을 감동시킬 만큼 최선을 다해 본 적이 있는가.

나는 과연, 나 자신에게 감동하여 울어 본 적이 있는가.
그 결과와 상관없이.

나는 자신 있게 '그렇다.' 대답할 수 없었으니까.

무한도전의 첫 이름은,
'무모한 도전'이었음이 새삼 다시 떠올랐다.
무모한 도전, 아름다운 꼴등, 무한도전에 감사한다.

비록 실패하더라도
비록 꼴등을 하더라도
비록 그것이 명명백백한 무모한 도전이라 하더라도

최선을 다하면
누군가는 감동시킬 수 있다는 것,
적어도 나 자신은 감동시킬 수 있다는 것,
나 자신은 울릴 수 있다는 것을 알려 준 그들에게 나는,
진심으로 감사하고 싶다.

조금 무모한 일이 될지 모른다 해도

왜 난 웃고 있는 걸까. 이젠 눈물이 말랐나.

모두 다 인정해도 돼. 나는 사랑의 패배자.

달빛요정역전만루홈런, 그는 언제나 패배자의 정서를 노랫말에 담았다. 그런데 어쩐지 나는 그의 노랫말이 좋았다. 어쩌면 그가 진실을 말하고 있었기 때문인지도 모른다. '직업에는 귀천이 없다고 배웠지만 현실은 그렇지 않더군. 난 부끄러워. 키 작고 배 나온 닭 배달 아저씨.' 그는 정말 치킨 배달 아저씨였고, 학창 시절 아버지가 기타를 부쉈을 때도 울지 않았으나 생활고에 기타를 팔며 눈물을 흘린, 그럼에도 '내일부턴 저금을 해야지. 그래도 난 한때는 세상을 노래하는 가수였는걸. 언젠가는 다시 기타를 사야지.' 음악에 대한 꿈은 접을 수 없었던 사람.

그리고 2010년 11월, 자신의 지하 셋방에서 뇌출혈로 쓰러진 지 30시간 만에 발견됐으나 끝내 사망. 서른여덟의 나이로 그는 세상을 떠났다. 그의 부고가 인터넷을 떠들썩하게 만들었던 그날, 대부분의 기사는 이렇게 시작됐다. '1인 프로젝트 밴드 달빛요정역전만루홈런 이진원이 결국 역전만루홈런을 날리지 못하고 숨졌다.' 나는 불편했다. '결국 역전만루홈런을 날리지 못했다'는 그 말.

지루한 옛사랑도, 구역질 나는 세상도, 나의 노래도, 나의 영혼도, 모든 게 다 절룩거리네.
세상도 나를 원치 않아. 세상이 왜 날 원하겠어.
미친 게 아니라면.

나는 그의 노랫말이 좋았다. 어쩌면 나 또한 패배자의 정서를 마음에 품고 있었기 때문인지도 모른다. '도대체 나중에 얼마나 행복해지려고!' 이 악물고 한고비 넘어왔는데, 보상은커녕 '요것 봐라? 그럼 어디 한번 이 산도 넘어 볼래?' 놀리듯 더 큰 산이 날 기다리고 있을 때. 풀라고 내주는 숙제가 아니라, 언제 포기하나 보자 벼르듯 내주는 듯한 숙제가 줄줄이 밀려오는 기분이 들 때가, 나에게도 있었으니까.

그래서 어쩌면 그의 죽음이 더, 불편했는지 모른다.
그래서 어쩌면 '결국 역전만루홈런을 날리지 못했다'는 그 말이 더, 짜증스러웠는지도 모른다.

나만 절룩거리는 기분으로 사는 건 아니구나. 그의 노래에 공감하면서도, "하지만 언젠가는 저도 역전만루홈런을 치는 날이 올 수 있겠죠." 그의 말처럼 '언젠가는'에 대한 기대가 내 마음 한구석에 또한 아직은 남아 있었기에 나는 불편했다. 죽어라 고생만 하고 결국 끝나버리는 삶, 끝내 역전만루홈런 따위는 찾아오지 않는 삶. 그것을 인정해버린다는 것이 쉽지 않아서.

"그래도 그는 노래했잖아. 그리고 그걸 네가 들었잖아. 그 사람이 그 사실을 알든 모르든 네가 위로받았잖아, 그의 노래에."

친구에게서 걸려 온 전화. 며칠 전 만났을 때 스치듯 했던 이야기인데도 친구는 내내 마음이 쓰였던 모양이었다. 달빛요정역전만루홈런의 이야기, 그리고 나의 이야기에.

"짜증나. 무슨 일인지 몰라도 그런 생각이 들 정도로 네가 힘들었다는 것 자체가 짜증나. 왜 그런 티를 내서 나까지 하루 종일 아무것도 못 하게 하는지 네가 원망스러울 정도로 짜증나."

친구는 화를 내고 있었다. 진심으로. 그래서 나 또한 전화를 끊고 나서 한참이나, 아무것도 할 수 없었다. 너무… 미안해서. 강하지 못한 모습을 내가 좋아하는 사람에게, 나를 좋아해 주는 사람에게 보였다는 미안함. 그로 인해 그를 아프게 했다는 미안함. 하지만 한편, 나는 조금 덜 외로웠던 것 같다. 나를 위해 진심으로 화내 주고 울어 주는 사람이 있다는 것, 그토록 나를 아껴 주는 사람이 있다는 것에.

내가 세상을 비웃었던 것만큼 나는 초라해질 거야.
아무래도 좋아.
나는 내 청춘을 단 하나에 바쳤을 뿐.
그저 실패했을 뿐. 그저 무모했을 뿐.

나는 그의 노랫말이 좋았다. 어쩌면 나는 그의 노래를 들으면서도 조금 덜 외로웠기 때문인지도 모른다. 그가 계속 노래했기에 그가 이 사실을 알든 모르든 나는 조금 덜 외로웠고, 그렇기에 적어도 내게 그는 틀림없는 달빛 '요정'이었다. 역전만루홈런 따위는 처음부터 말이 안 되는 거였는지도 모른다. 적어도 내게 그는 지고 있는 사람이 아니었으니까. 적어도 내게 '그가 단 하나에 바친 청춘'은 실패가 아니었으니까. 조금 무모했을지는 몰라도.

결국 진심은 통하는 법.
나는 아직 인간을 믿고 있나 보다.
멍청하게.

그의 말처럼 나도 좀 멍청해져야 할 것 같다. 사람, 내가 좋아하는 사람, 나를 좋아해 주는 사람, 적어도 그들을 내가 더 이상 아프게 하는 일은 없도록 조금 더 씩씩하게, 그리고 조금 더 멍청하게 나는 다시 믿어 보고 싶다.

"그래도 한번 끝까지 해 봐야 하지 않겠니.
죽는 날 쌍욕을 하게 되더라도."

친구의 마지막 말을 떠올리며, 다시 한 번 씩씩하게. '요것 봐라?
그럼 이 산도 한번 넘어 볼래?' 깐죽거리며 줄줄이 다음 산을 준비
하던 그가 도리어, '독한 것. 내가 졌다.' 나를 먼저 포기할 때까지.
아니 포기하지 않으면 어때. 한번 끝까지 싸워 보지 뭐. 나중에 쌍
욕을 하게 되더라도. 나는 조금 더 멍청해질 거니까. 그렇게 믿어
볼 거니까. 그것이 조금, 무모한 일이 될지 모른다 해도.

자학과 자뻑

풀리지 않는 의문이 하나 있었다.

"나는 너무 게을러."
내겐 너무 멋진, 한 선배의 입버릇.
"내 주변에서 선배가 제일 열심히 살거든요?"
누구보다 열심히, 최선을 다해, '잘' 살고 있는 사람이 왜 자학을
할까.

반대로,

"일을 왜 그렇게 하는지 모르겠어. 나 같으면 그렇게 안 할 텐데."
언제나 남들은 못마땅하고 자기만 으뜸인, 또 다른 한 선배.
그런데 나는 인정할 수가 없다.

게으르고 무능한데 말만 많은 사람들의 공통점, 자뻑.

내겐 늘 풀리지 않는 의문이었다. 진짜 잘난 사람들은 자학을 하고, 결코 잘나지 못한 사람들은 자뻑에 취해 있는 것.

얼마 전 체호프 희곡집을 다시 보다 '자학'과 관련된 장면을 발견했다. 극 중 작가가 세 페이지에 걸쳐 '자학'을 하는데 그 끝은 이러했다.

사람들은 내 무덤 옆을 지나가면서 이렇게 말할 겁니다.
"그래 재미있고, 재주도 있고, 괜찮은 작가였지만,
톨스토이에 비하면…. 투르게네프보다도 못했지."

안톤 체호프와 같은 대! 작가도 자학이라니. 왜 꼭 잘난 것들이 자학을 하고 난리야. 그보다 못한 사람들은 어떻게 살라고.

그런데 책을 덮으면서 이런 생각도 들었다.
어쩌면 그래서, 아니 그랬기 때문에,
체호프가 체호프가 될 수 있었던 건 아닐까.

자학은 물론 괴로운 일이다. 너무 자학만 일삼다가는, 정말 '자학'만 하다 인생 종칠 수도 있다. 하지만 자학은 자기 발전의 시작이 될 수도 있다. 내 맘에 안 드는 나, 내 성에 안 차는 나. 그러니 고민한다. 모색한다. 노력한다. 발전한다. 그리고 '체호프'가 된다. 이 진행이 가능할 수도 있는 거다.

반대로 자뻑은, 낄낄러야 내 마음 편할 수는 있겠지만, 그걸로 끝. 지금의 나도 너무 완벽한데 무슨 고민, 무슨 노력이 더 필요하겠냐 말이다. 게다가 자뻑은 '지금 내 마음 편함'의 지속을 위해 쉬운 자기 합리화를 부르고, 그 합리화가 거듭되면 정체를 넘어 퇴보로 간다. 그리고, 그러다 점점 부끄러움이 없어지는 건지도 모르겠다.

나에게도 자학이 자학을 낳는 날들이 있었다. 너무 자학만 하며 괴로워하느라 발전은커녕 우울의 끝만 달리던 날들. 그리고 그 끝에 자뻑형 인간들이 부러워지는 순간이 찾아왔다. 세상 별거 있나? 지금 내 마음 편한 게 최고지! 나도, 그렇게 살고 싶다.

하지만 그때 나는, 부끄러움을 모르는 사람을 만났다.

나보다 많이 배운, 나보다 똑똑한, 나보다 잘난 삶을 살아온 듯한 사람들이, 아무렇지 않게 부끄러운 행동을 했다. 그리고 TV에 나와 자신의 정당성을 부끄러운지도 모르고 떠들어댔다.

무서웠다.
부끄러움을 모르는 삶, 자학이 없는 삶의 끝은
저런 모습일지도 모른다는 생각에.

내 부끄러움을 나만 모르고, 남들은 다 아는 그런 삶.

자기의 죄에 대해서 몸부림은 쳐야 한다.
몸부림은 칠 줄 알아야 한다.
그리고 가장 민감하고 세차고 진지하게 몸부림쳐야 하는 것은
지식인이다.

그날* 트위터엔 이런 글이 올라왔다. 김수영 시인의 글이었다.
많이 배웠다고 해서, 똑똑하다고 해서, 화려한 경력과 말발을 자
랑한다고 해서, 멋진 사람이 될 수는 없다. 적어도 나는 그런 사람
들이 멋져 보이지 않는다. 그 많이 배움으로, 똑똑함으로, 자신의
부끄러움을 합리화도 잘하는 사람들. 자뻑에 취해 부끄러움도 모르
는 사람들을 부러워할 뻔했다니.

그냥 자학, 계속해야 할 것 같다.
나도 이제 안다. 자학만 하는 삶은, 괴롭기만 할 뿐 성과도 없고
발전도 없는, 그러니 불행한 최악의 삶이라는 것. 어쩌면 그건, 자
뻑으로 부끄러움을 모르는 삶보다도 못할 수 있다. 그래도 자뻑형
인간은 자기 마음이라도 편하니까, 아니 아마도 편할 테니까.

그날*　　2011년 11월 22일

252

하지만 그럼에도 나는,
자학 없이 자뻑에만 취한 삶은 살고 싶지 않다.
적당한 자학, 그 끝에 아주 조금이라도 발전이 있을 땐
살짝 자뻑해 주기.

그 정도면 충분할지도 모르겠다.

나도 이제 정말 알겠으니까.
세상에서 가장 창피한 일 중 하나는 바로 이것이라는 것.
자뻑의 끝에 찾아오는 바로 이것.

나의 부끄러움을 나만 모르고, 세상 사람들은 다 아는 것.

적어도 나만은 실수하지 않는다 믿는 실수

대학교 1학년 첫 국어학 수업, 교수님은 강의실에 들어서자마자 흰 종이를 나눠 주시곤 받아쓰기 시험을 보겠다고 하셨다. 아니 우리가 초등학생도 아니고, 나름 대학 '국문과'에 입학한 학생들인데 받아쓰기 시험이라니! 모두들 조금 황당해하는 분위기였지만, 결과는 참담했다. 만점자는 한 명도 없었다. 심지어 빵점짜리 답안지도 속출. 그때 교수님 말씀이 아직도 기억난다.

"국문과는 '국어국문학과'의 줄임말이다. 문학뿐 아니라, 어학도 공부하는 학과라는 거다."

맞춤법, 띄어쓰기도 제대로 못하면서 문학이 어쩌고, 어디 가서 국문과 다닌다며 우쭐해 하지 말라는 말씀이셨다. 그리고 이제부터 주머니에 빨간 펜 하나씩을 넣어 가지고 다니면서 학교 안에 붙어 있는 벽보의 오자를 고치라고 하셨다. 물론 뒷말은 농담으로 하신 말씀이었겠지만, 그 뒤부턴 벽보의 오자들이 눈에 거슬리기 시작했다.

어쩌면 그런 어학 수업들의 영향이었는지도 모르겠다. 우리는 노래방에 가서도 화면 밑에 흐르는 가사의 오자들을 지적하며 웃었고, 밥집이나 술집에 가서도 메뉴판의 오자들을 화제 삼았으며, 소개팅남의 오자 작렬 문자나 편지는 당연한 퇴짜 이유로 인정. 심지어 "내가 과연 그걸 해낼 수 있을지 **염두**가 안 나." 심각한 고민을 털어놓고 있는 친구의 말을 자르고 들어가, "**엄두**." 사소한 말실수까지도 지적하게 되곤 했다. "야! 나 지금 심각한 얘기하는데, 그 정도는 그냥 넘어가 주면 안 되냐?", "미안, 미안. 너무 거슬려서 나도 모르게 그만…."

일종의 직업병과 유사한 '학과병'을 앓고 있었기에, 나 또한 맞춤법과 띄어쓰기에 유난히 민감할 수밖에 없었지만, 한국어는 생각보다 어려웠다. 대학을 졸업하고 나름 작가 생활을 10년 넘게 했는데, 아직도 나는 글을 쓸 때 사전을 찾아본다. '어학'으로 박사 학위를 받고 지금은 대학에서 강의를 하고 있는 후배 K에게도 그건 마찬가지일 정도로, 한국어는 만만치 않은 언어였다. 그래서 나는 더 이런 사람들이 이해가 안 됐다. 다른 사람의 글이나 말을 '틀리게' 지적질하는 사람들.

한번은 방송에서 '야채'란 말이 나간 적이 있는데, 그날 엄청난 청취자 실시간 반응이 쏟아졌다. '채소'가 아닌 일본식 한자어 '야채'를 썼다는 원성이었다. 하지만 '야채'가 일본식 한자어란 것은 소문에 불과할 뿐, 아직까지 '야채'가 일본식 한자어란 증거는 발견되지 않았으며, 국립국어원에서도 '야채'와 '채소'를 모두 표준어로 인정하고 있다. 하지만 쏟아지는 질타 반응은 너무도 확신에 차 있었다. 나는 그 자신감이 놀라웠다. 남을 지적함에 있어 어떻게 사실 확인도 한번 안 해 보고, 사전도 한번 안 찾아보고, 그렇게 확신에 찬 손가락질을 할 수 있는 걸까.

책을 낸 다음에도, 나는 지인들이나 독자들에게 '오자'를 지적받는 경우가 여러 번 있었는데, 그중 대부분은 틀린 지적이었다. 한번은 별로 친하지도 않은 지인에게서 문자를 받는데, "행복해지길 바래!!! 네 책에 오타 있다!!! 행복해지길 바라라고 돼 있어!!!!!!' 이럴 때 참 난감하다. '바라'가 맞는 말인데, '바래'가 틀린 말인데, 엄청난 느낌표 개수만큼이나 자신감 넘치는 그 문자에 나는 어떤 답을 보내야 하나 난감해하고 있었고, 그때 나는 마침 국문과 출신 친구 네 명과 여행 중이었다.

"이건 정말 너무한데?" 다들 맞춤법에 예민한 친구들이라 그 문자는 우리 여행을 술렁이게 했고, 각자의 회사 생활 중 일어난 비슷한 에피소드들을 털어놓으며, 우리는 흥분했다. 생각보다 참 많았다. 자신이 알고 있는 정보가 틀렸다고는 전혀 의심하지 않은 채,

남들을 지적하는 사람들. 게다가 누군가 반론을 제기하면, 자신의 정보에 대해 한 번쯤은 사실 확인을 해 볼 법도 한데, 윽박지르며 무조건 자기가 맞다고 우겨대는 사람들 말이다.

그렇게 남들 뒷담화로 한바탕 수다를 떨고 나서, 우리는 숙소로 돌아와 TV를 봤다. 유명 작가의 인기 드라마가 한창 방영 중이던 찰나, 한 친구가 말했다. "저 작가는 이상한 데 꽂혀 있어. 주인공들이 항상 전화를 '즌화'라고 발음한다니까?", "그래? 이상하네.", "대본 리딩 연습 때 그렇게 시키는 것 같아. 저 봐, 저 봐. 또 '즌화'라고 하잖아. 이상해." 그때였다. 잠시 화장실에 갔던 후배 K, 대학에서 어학 강의를 하고 있는 K가 돌아와 우리의 대화를 알아채고는 이렇게 말했다. "언니, 전화의 서울 방언이에요. '즌화'라고 발음하는 거." 순간 정적. 우리의 머리 위로 느낌표가 다다다닥 찍히는 느낌이었다.

그 드라마에선 고향이 서울인 인물들만이 '즌화'라고 발음하고 있었던 거다. 우리는 몰랐고, 작가는 알고 있었던 것. 그런데 잘 알지도 못하는 우리들이, 잘 알고 있는 작가를 지적하고 있었던 거다. 사실 확인은 해 보지도 않은 채, 지적질. 그리고 그 순간 우리 머리 위로 다다다닥 찍히는 느낌표.

나름 남들보다 우리가 더 '잘' 알고 있는 분야라고 생각했던 거다. 우리말에 관한 것. 그래서 더 의심하지 않았던 거다. 내가 틀리고,

남들이 맞을 수도 있다는 것. 그래서 더 쉬웠던 지적질.

아무리 머리 좋은 사람도 세상 모든 것들을 다 알 순 없다. 아무리 똑똑한 사람도 정답만을 얘기할 순 없다. 어학만 10년 넘게 공부하고, 사전 편찬실에서 일하며, 대학 강의를 하고 있는 후배 K 또한 아직도 모르는 게 많다고 한다. 우리말에 대해서. 그럼에도 우리는, 실수를 한다.

세상에 완전무결한,
모든 분야에서 완벽한 사람은 없다는 걸 알지만,
적어도 나만은 실수하지 않는다 믿는 실수.
내가 알고 있는 것은 모두 '정답'이라 믿는 실수.

특히 남들보다 내가 더 잘 안다는,
내가 더 잘났다는 우월감에 빠져 있을 때
우리는 바보짓을 하게 된다.

내가 틀렸다고는 한 치도 의심하지 않은 채,
도리어 '맞는 얘기'를 하고 있는 타인을 향해
손가락질하며 배를 잡고 웃어대는, 진짜 바보짓을.

통각 역치

'선배, 이번 주에도 산에 가요?'

　선배에게 문자를 보냈다. 그리고 따라나선 산행. 선배의 산행 친구들과 여럿이 담소를 나누며 산에 오르는 일은 제법 즐거웠다. 초보인 나에 대한 배려로 쉬운 코스를 오른 덕에 그리 힘들지도 않았고, 조금 숨이 차다 싶으면 "과일 먹을까?" 누군가의 가방에서 복숭아가 나왔고, 조금 덥다 싶으면 누군가 얼음물을 건네줬고, 체력이 부친다 싶으니 간단한 도시락이 펼쳐졌다. 아무것도 준비 못 한 내가 미안할 정도로 산을 잘 아는, 초보의 페이스까지도 너무나 잘 아는 일행들 덕에 쉬다 오르다. 그렇게 쉬다 오르다 하는 새 어느덧 정상.

　"너, 제법 복이 있는데? 이렇게 시야 좋은 날도 드문데."

선배의 말처럼 탁 트인 시야를 가득 채우고 있는 파란 하늘, 흰 구름, 그리고 바람.

"이 바람 맛에 산에 오르는 거지."

옆에서 들려오는 말에 절로 끄덕여지는 고개. 그렇게 얼마나 바람 맛을 보고 있었을까. 내 옆으로 다가온 선배가 불쑥, 물었다. 선배 특유의 그 무심한 말투로.

"무슨 일, 있었니?"

역시, 선배는 알고 있었나 보다.

꽤 오래전, 무척 힘겨웠을 때가 있었다. 미친 사람처럼 아파하고 슬퍼하던 그때의 나를 지켜봐 주고 다독여 줬던 선배. 그래서였다. 불현듯 며칠 전 선배가 떠올랐고, 일요일마다 산에 간다던 선배의 말도 함께 떠올라 무작정 따라나선 것. 그런데 참 이상했다. 분명 나에게는 무슨 일이 있었고, 지금의 내가 몇 년 전의 나보다 덜 아프고 덜 슬픈 것도 아닌데, 나는 지금 미친 사람 노릇은 하고 있지 않았다.

"사람의 적응력이란 게 때론 놀랍지."

선배는 말했다. 힘든 일이 거듭되면 사람은 고통에도 점점 익숙해진다고. 어쩌면 미친 사람처럼 날뛰어 봐야 소용없다는 걸, 경험을 통해 알게 돼서인지도 모른다. 어쩌면 미친 사람처럼 아픈 티를 낼 수 있는 것도 젊음의 특권이라는 걸, 나이를 통해 알게 돼서인지도 모른다. 그런데 나는 선배의 말에서 '역치'라는 단어가 떠올랐다.

역치, 자극에 대해 반응을 일으키는 데 필요한 최소한의 자극 강도.

언젠가 '통각 과민증'에 대한 기사를 읽은 적이 있다. 특수한 종류의 병적 상태에서 통각 역치가 현저히 낮아져, 작은 아픔도 큰 고통으로 느껴지는 증상. 그렇다면 반대의 경우 '통각 불감증'도 존재할 수 있지 않을까. 역치가 높아져 웬만한 아픔에는 고통이 느껴지지 않는 증상 말이다. 처음 기타를 배울 때는 손가락에서 피가 나고 아프지만, 계속 치다 보면 굳은살이 박여 더 이상 아프지 않게 되는 것처럼, 마음의 고통도 거듭되면 어느새 굳은살이 박인 듯 마음 또한 딱딱해져 통각 불감증이 생길 수도 있지 않을까.

힘든 일을 많이 겪을수록, 고통의 크기가 클수록,
마음의 통각 역치가 점점 올라가 웬만한 일에는 무던해지는 것.
통각 불감증.

언젠가 이런 글을 쓴 적이 있다.
아픈 만큼 성숙해진다는 말에,
성숙해지지 않아도 좋으니 그만 아팠으면 좋겠다는 글.
나를 성숙시킬 만큼 큰 아픔은 이제 그만 왔으면 좋겠다는 글.

그런데 나는 또 어느새, 성숙해지고 만 것일까.

분명 아프고 슬픈 일이 일어났는데도
나는 미친 사람 노릇은 하고 있지 않았다.

그저 선배를 따라 산에 오르고 싶었고,
산을 오르며 일행들과 나누는 대화가 즐거웠고,
정상에서 부는 바람 맛에 한참을 멍….

그저, 그뿐이었다.
그리고 그 사실이 도리어, 조금 쓸쓸했을 뿐.

위악

나는 이런 사람들이 참, 별로였다.

"너… 너무 헤퍼. 넌 아무한테나 너무 친절해. 누가 지나가는 사람이고, 누가 정말 중요한 사람인지…."

영화 '가족의 탄생'에서 경석(봉태규 役)의 여자친구 채현(정유미 役) 같은 사람. 모두에게 좋은 사람이고 싶은 사람. 하지만 한정된 시간과 에너지, 세상 모든 사람들에게 사랑받고 싶다는 건 욕심이다. 결국 채현은, 자신의 남자친구인 경석을 이렇게 만들어버리고 말았으니까.

"외로워. 나 네 옆에 있으면 너무 외로워."

영화 '사랑한다, 사랑하지 않는다'의 지석(현빈 役) 또한 마찬가지다. 아내(임수정 役)가 바람이 났다. 근데 짐 싸는 걸 도와준다. 심지어 마지막 저녁 식사로, 평소 아내가 좋아했던 근사한 식당까지 예약해 뒀다. 객관적으로 지석은 좋은 남자다. 하지만,

"자기 참 나이스해, 좋은 사람이야."

"……."

"왜 나한테 화내지 않아? 당신 나한테 화내도 돼. 봐 봐, 응? 그래도 되는 상황이잖아?"

이렇게까지 몰아치는 아내에게, 끝까지, 너무도 차분한 말투로,

"화를 낸다고 해서 달라질 수 있는 건 없잖아. 그리고 분명히 나한테 문제가 있으니까 이렇게 된 거고."

이따위로 '다 내 잘못이네.' 해버리는 지석. 지석 편에 서지지 않았다. 나는 도리어 지석을 떠나려는 아내 편에 감정이입이 됐다. 참 별로니까. 어떤 상황에서도 '본인'은 좋은 사람이고 싶은 사람. 그래서 싸움이 안 되는 사람. 말을 섞을수록 점점 더 나만 나쁜 사람으로 만들어버리는 그런 유의 사람들이 나는 참, 싫었으니까.

어쩌면 그래서 더,

나는 위악을 떨어댔는지도 모르겠다.

언젠가 팀원들에게 이런 얘길 들은 적이 있다. 1년 넘게 함께 일하면서 그들이 내게 가장 많이 들었던 말은, "싫어. 안 돼. 하지 마. 별로야. 빨리해. 집에 가자." 등등이었다고. 물론 나도 알고 있었다. 내가 친절하거나 살가운 사람은 아니라는 것. 하지만 나는 그들을

좋아했다. 그리고 그들 또한 알고 있을 거라 생각했다. 그러니 우리가 웃으며 이런 말도 나눌 수 있는 거라고. 하지만 당연히 입 밖으로 뱉어 본 적은 없다. "내가 너희들 좋아하는 거 알지?"

나는 그런 사람이었다. '어떤 상황에서도 좋은 사람이고 싶기'는 커녕 모든 상황에서 별로 안 좋은 사람인 척하고 싶어 하는 사람. '모든 사람들에게 친절'은 애당초 불가능할 뿐 아니라, 내가 좋아하는 사람들에게조차 별로 살갑지 못한 사람. 좋아한다는 말 대신 부러 툴툴거리는 사람. 그게 나름의 애정 표현이라고 생각하는 사람. 안부 문자나 안부 전화도 어쩐지 쑥스러워, 나는 잘 못 했다. 오랜만의 만남에서도 펄쩍펄쩍 뛰며 반가움을 표현하는 일은, 어려웠다. 꼭 자주 연락하고 표현을 해야 아나? 무심함 속에서도, 툴툴거림 속에서도, 내 진심을 알아줄 사람들은 다 알아줄 거라는 믿음. 나의 인간관계는 그렇다고 믿었다.

그런데 어느 날, 내가 무척 좋아하는 선배를 만났다. 꽤 오랜만이었다. 하지만 선배는 어쩐지 기운이 없어 보였다. 이런저런 힘든 일이 있었고, 그래서 자신감을 많이 잃은 듯한 모습. 나는 잘 이해가 안 됐다. 선배 같은 사람이 자신감을 잃다니.
"내가 가장 부러운 사람 가운데 한 명인데요, 선배는?"

사실이었다. 나는 늘 부러워해 왔다. 선배의 재능과 삶에 대한 태도. 그래서 내가 평소 갖고 있던 생각들을 말했던 것뿐이었다. 내가 왜 선배를 부러워하는지, 선배의 어떤 점이 다른 사람들과 다른지, 선배의 어떤 점 때문에 내가 선배를 좋아하는지.

그런데 선배가 너무 당황스러워했다. 내가 선배를 그렇게 생각하고 있었다는 걸 전혀 몰랐다며 너무 놀라워하는데, 나는 선배가 '놀라워'한다는 게 더 놀라웠다.

왜, 왜 몰랐지?

나 정말 선배 좋아하는데.

처음부터 선배를 굉장히 높게 사고 있었는데, 왜?

그리고 며칠 후, 친구에게 전화가 왔다. 하루가 멀다고 전화를 해대던 친구였는데, 일주일 넘게 잠잠하던 참이었다. 안 그래도 무슨 일 있나 싶었는데, 그동안 밀린 이야기를 한 시간 넘게 쏟아내던 친구는, 이렇게 말했다.

"고마워."

응? 뭐가?

"그냥 내가 너 너무 귀찮게 하는 것 같아서 좀 자제하려고 했는데, 오늘은 정말 위로가 필요한 날이었거든. 들어줘서 고마워."

나는 또 놀랐다. 나는 친구의 전화를 귀찮다 생각해 본 적이 없었다. 나도 즐거웠으니까. 즐거운 이야기는 즐거운 이야기대로, 짜증나는 이야기는 또 같이 버럭버럭 짜증내며 즐거운 게 있었으니까. 그런데 이 친구는 왜 그렇게 생각한 거지? 나도 너 좋아하는데. 너랑 얘기하는 게 즐겁고, 뜸할 땐 도리어 기다려지기도 하는데, 왜?

　그날 밤 꿈을 꾸었다. "싫어. 안 돼. 하지 마. 별로야. 빨리해. 집
에 가자." 나랑 일하는 동안, 내게서 가장 많이 들었던 말은 이런 것
들뿐이라며, 나의 살갑지 못함을 놀려대던 그때의 팀원들이 우르르
등장하는 꿈이었다. 우리는 우연히 만났다. 나는 너무 반가웠다. 그
래서 그들의 손을 잡고 펄쩍펄쩍 뛰며 나의 반가움을 표시하려 했
다. 그런데 그들이 너무 당황해 하며 한 발짝 물러났다. 이 사람이
갑자기 왜 이러지? 왜 이렇게 반가운 '척'이야. 도리어 경계하는 눈
빛으로 나를 이상하다는 듯 바라보던 그들의 모습.

　그리고 꿈에서 깼다.
　그리고 불현듯 이런 생각이 들었다.

　모를 수도 있겠구나.
　그들을 만나면, 내가 정말 반가워한다는 것.
　내가 그들을 정말 좋아했고, 지금도 늘 그리워하고 있다는 것.
　어쩌면 그들은 '정말' 모를 수도 있겠구나.

　나는 여전히 이런 사람들은 싫다.
　모두에게 사랑받고 싶은, 모두에게 좋은 사람이고 싶은 사람.
　어떤 상황에서도 본인만은 좋은 사람으로 남고 싶어 하는 사람.

하지만 어쩌면 그보다 더 나쁜 건,
'위악'일지도 모르겠다는 생각이 들었다.
좋은 데 안 좋은 척, 안 나쁜 데 나쁜 척, 약하면서 독한 척.

결국 나는 상대에게
더 어려운 걸 바라고 있었는지도 모르겠다.

내가 안 좋아하는 척해도, 사실은 좋아하는 걸 알아주길.
내가 나쁜 척해도, 사실은 안 나쁜 사람인 걸 알아주길.
내가 독한 척해도, 사실은 안 독한 사람인 걸 알아주길.

그게 왠지 더 '간지'나는 것 같아서.
실은 그게 정말 '촌스러운 것'인 줄도 모르고.

모두에게 좋은 사람일 필요는 없다.
사실 그건 불가능하다, 고 여전히 난 생각한다.
하지만 부러 '위악'을 떨어댈 필요도 없는 거다.

계속계속 위악을 떨다 보면,
나는 정말 '나쁜 사람'이 되어버릴지도 모르니까.
'사실은 좋은 사람이지만 나쁜 척하는 사람'이 아니라
'정말 나쁜 사람'.
모두에게, 아니 내가 좋아하는 사람들에게까지.

나는 1집을 사랑한다

라디오에서 '1집 앨범 명반 특집'을 한 적이 있다. 말 그대로 뮤지션들의 1집 앨범, 데뷔 앨범 가운데 명반이라 평가받는 좋은 앨범들을 다시 짚어 보는 특집이었다. 스탭들이 후보 앨범을 선정해 청취자들의 투표를 받기로 했는데 회의를 하다 조금 난감해졌다. 너무, 많아서. 내 마음에 전설로 남아 있는 1집 명반들이 이렇게나 많다니! 후보 앨범을 선정하기도 쉽지 않았다. 반응이 좋으면 2집 앨범 특집, 3집 앨범 특집도 해 볼까 했지만 그 마음은 또 바로 접었다. 쉬이 떠오르지 않아서. 1집 명반들에 비해 2집 명반은 또 쉬이 떠오르지 않아서. 괜히 소포모어 징크스란 말이 있는 게 아니구나, 싶을 정도로.

생각해 보니 특히나 나는 그랬다. 데뷔 작품 마니아 같았다. 앨범뿐 아니라 누군가의 첫 소설, 첫 영화, 첫 만화. 내 마음에 오래오래 남아 있는 작품들 가운데 상당수는 누군가의 데뷔 작품이었다.

　많은 이들이 소포모어 징크스를 겪는 데는 여러 가지 이유가 가능할 것 같다. 데뷔 전까지 무척 오랜 시간 공들여 만든 첫 작품에 비해 아무래도 이후 작품들은 보다 짧은 시간 안에 결과물을 내보여야 하기에 그럴 수 있을 테고, 또 데뷔 작품으로 너무 큰 성공을 거둬버리면 그 후의 부담을 극복하기가 쉽지 않아서 그럴 수 있을 테고, 혹은 지나친 자만이 최선을 방해했을 수도 있을 것 같다. 그런데 적어도 나는, 내가 누군가의 데뷔 작품에 열광하는 이유는 이런 것 같다. 정말 하고 싶은 이야기를 하고 있다는 느낌. 마음속에 오랜 시간 쌓아 왔던 이야기를 이제는 정말 쏟아내지 않으면 못 견딜 것만 같아 기어코 토해내고 만 듯한 그 느낌. 나는 그게 참 좋다.

　물론 데뷔 작품에 묻어 있던 풋내와 촌스러움만 싹 벗고 더 좋은 작품으로 점점 자신의 세계를 완성해 가는 사람들도 많지만, 적어도 나에겐 이런 경우도 적지 않았다. 흠, 어떡하지? 그에 대한 나의 사랑을 접어야 하나 말아야 하나, 고민에 빠지게 됐던 경우도 적지 않았다. 그의 두 번째 작품에서 이런 느낌을 받았을 때다. 억지로 쥐어짠 듯한 이야기를 하고 있다는 느낌. 확실히 더 세련돼지긴 했는데, 포장도 더 화려해지긴 했는데, 정작 그 안의 알맹이에선 진심이 느껴지지 않을 때.

　나도 가끔 내 옛 원고들을 들춰 볼 때가 있다. 어우, 이런 걸 정말 내가 썼단 말이야? 아무도 없는데 누가 볼 새라 얼굴이 발개져 막 가리고 싶을 정도로 촌스러워 못 봐주겠는 글들도 참 많다. 그런데도 가끔 들춰 보고 싶을 때가 있다. 내가 숙제처럼 글을 쓰고 있다는 느낌이 들 때. 매일 써야 하는 라디오 원고의 특성상 쫓기듯 숙제처럼 썼던 글들도 꽤 있었다. 아무것도 떠오르지 않는 날에도 데드라인에 맞춰 무언가를 쓰긴 써야 하니까 겨우겨우 억지로 억지로. 그런데 몇 년 후 다시 들춰 보면 그게 딱 티가 났다. 숙제처럼 썼던 글과 정말 쓰고 싶어 썼던 글.

그런데 신기한 건, 내가 만든 음악도 아니고, 난 음악을 전공하지도 않았고, 사실 난 음악에 대해 잘 알지도 못하는데, 음악을 들을 때도 그게 느껴진다는 거다. 좀 더 세련돼졌고, 포장도 더 화려해졌지만, 그래서 얼핏 듣기엔 데뷔 앨범보다 더 좋아진 듯도 하지만, 이상하게 몇 번 듣다 보면 금세 싫증이 나버리는 앨범이 있다. 결국 몇 년 후에라도 내가 다시 찾아 듣게 되는 건 풋내 나는 그의 1집 앨범. 정말 하고 싶은 얘기들을 쏟아낸 듯한 바로 그 음악. 뭐라도 내놓지 않으면 안 되니까 꾸역꾸역 뱉어낸 얘기가 아닌 진짜 그가 하고 싶었던 이야기. 참 신기하다. 음악에 대해, 그에 대해 잘 알지도 못하는 내게도 그것이 딱 티가 난다는 것.

하지만 그건, 조금 두려운 이야기이기도 하다.
그건, 나의 꾸역꾸역 또한 누군가에게 딱, 티가 날 수 있다는 얘길 테니까.

어떻게 어떻게 나 자신은 잘 속여 넘어간다 해도
누군가에게는, 어딘가에서는, 딱, 티가 날 수 있다는 얘길 테니까.

내가 지금 그다지 하고 싶지도 않은 이야기를 꾸역꾸역 내뱉고
있다는 것. 내가 실은 진심이 아니라는 것. 내가 진짜로 원하는 삶
은 살고 있지 않다는 것이 누군가에게는, 어딘가에서는, 딱.

그러니 더 잘, 살아야 하는 건데….
내가 정말 하고 싶은 이야기를 하면서
내가 정말 하고 싶은 일을 하면서 더 잘.
하지만 그건 또, 생각만큼 그렇게 쉽지만은 않은 일이니까.

나를, 실망시키지 않았으면 좋겠다

"어? 너, 이 만화책 있었네?"

오랜만에 놀러 온 친구가 내 책장을 훑어보다 발견한 그녀의 만화책.

"응. 나 그 만화가 좋아했잖아."

맞다. 좋아했다. 그래서 그녀의 초기 작품들은 거의 다 갖고 있다. 20년 가까이 갖고 있던 것들도 있고, 모두 백 번도 넘게 본 것들이라 만지면 부서질 듯 너덜너덜해진 그녀의 책들. 그러다 생각났다.

"나, 팬레터도 쓴 적 있어."

뭐!? 친구 눈이 튀어나올 듯 커졌다. 그럴 만도 했다. 나는 기본적으로 '빠심'이란 게 좀처럼 일어나지 않는 사람이라서, 아무리 누군가를 좋아하게 돼도 작품으로서가 아닌 다른 교감에는 흥미가 생기지 않는다. 팬레터는커녕, 인터넷 검색창에 그의 이름을 쳐 보는 일도 거의 없다. 그러고 보니 남자친구에게도 편지를 써 본 적이 거의 없는 나.

그런 내가 팬레터를 쓴 적이 있다, 는 기억을 새삼 떠올리고 나니, 나도 뭔가 기분이 묘해졌다. 아무리 감수성 최절정 '17세의 나레이션'을 읊어대던 사춘기 시절이었다 해도, 나는 정말 좋아했던 거다. 그녀를, 그녀의 작품을.

경제적으로 넉넉할 수 없었던 학창 시절, 아르바이트비를 받으면 동대문이나 청계천 헌책방을 돌아다니곤 했다. 그땐 지금처럼 인터넷으로 쉽게 만화책을 구할 수 있는 시절이 아니었으니까. 그나마도 맘껏 살 순 없었다. 몇 권씩, 형편 닿는 대로 조금씩. 완결된 만화책을 질로 살 수 있었던 것은 방송 일을 시작한 이후였다. 그것도 공개방송 같은 특집방송을 하고 원고료가 평소보다 많이 들어올 때뿐이었지만. 그런데 그때는 이미 구할 수 없는 것들이 많았다. 만화책은 쉽게 절판돼버리곤 했으니까.

그중 그녀의 작품도 있었다. 모두 열 권짜리 작품이었는데, 나에겐 5권까지밖에 없었다. 차라리 한 권도 없었다면 모를까, 5권까지밖에 없다는 게 또 나중엔 발목을 잡았다. 절판된 중고 만화책들을 파는 인터넷 사이트가 생겨나기 시작했을 때, 다 질로 파는 게 아닌가. 어떡하지, 그냥 다 사버려? 그럼 이미 있는 다섯 권은 버려? 그렇게 몇 년을 고민했나 보다. 그러는 사이 다른 출판사에서 그 작품이 다시 나오기 시작했는데, 응? 이건 애장판 여덟 권짜리. 아… 나는 열 권짜리 중 다섯 권이 있는데, 이 여덟 권짜리 애장판은 도대체 몇 권부터 사야 하는 것인가. 또다시 시작된 고민. 그렇게 또 몇 년이 흘렀고, 그러는 사이 나는 그녀를 잊고 살게 되었다.

예전처럼 만화방을 들락거리는 일도 줄어들고, 한국 만화보단 일본 만화책 시장이 점점 커지고, 종이 만화보단 인터넷 만화가 대세가 되어 가는 사이, 나는 우리나라 작가의 신간 만화책에 대한 정보와도 점점 멀어져 갔다.

"나, 팬레터도 쓴 적 있어."
새삼, 그녀의 만화들이 그리워졌다. 그래서 다시 꺼내 읽다, 불현듯 결심이 섰다. '그냥 질러야겠다!' 십여 년 가까이 어떡하지, 어떡하지 했던 문제의 그 작품. 다섯 권만 가지고 있던 '별빛 속에' 그냥 질로 사버리고 말겠어.

그렇게 인터넷을 뒤지게 된 건데, 그녀가, 아직도, 만화를 그리고 있었다. 예전에도 다작을 하는 작가는 아니었기에, 내가 그녀에게 뜸했던 사이 완결된 작품은 많지 않았지만, 그녀가 인터넷에 몇 년째 새로운 만화를 연재하고 있다는 사실을 알게 된 나. 바로 퍼질러 앉아, 웹툰을 보기 시작했다. 밤을 꼬박 새우고, 아침이 올 때까지 나는 모니터에서 눈을 뗄 수 없었다.

여전히 그녀가 만화를 그리고 있다.
그것도 20년 전 나를 두근거리게 했던,
그녀만의 감성이 여전히 살아 있는 새 작품을 그리고 있다…

는, 사실이 나는 왜 그렇게 반갑고 고마웠을까.

나는 다시 두근거렸다. 지금까지 나온 단행본이 여덟 권, 일단 여덟 권을 주문하고… 그리고 앞으로 4개월 혹은 6개월에 한 번씩은 새 단행본이 나올 테니까, 다음 권 나올 때까지 반복해서 읽고 또 읽으면 되겠다! 심지어 이젠 나도, 돈 걱정 없이 새 단행본이 나올 때마다 바로바로 사 볼 수 있는 형편이 되었다는 것이 스스로 기특하다 느껴질 만큼, 나는 반갑고 고마웠다.

그녀의 만화에 설레고 두근거리고 위로받았던 십 대의 나. 그로부터 20년이 지난 건데, 그녀가 여전히 만화를 그리고 있다는 사실이, 내가 여전히 그녀의 만화에 두근거릴 수 있다는 사실이, 나는 무척 반갑고 고마웠다.

어쩌면,
'나 또한 그럴 수 있었으면….'
하는 마음 때문이었는지도 모른다.

그녀의 웹툰 댓글 중 이런 것이 있었다. '여왕의 귀환.' 그녀는 내게도 그런 존재였다. 십 대의 나로 하여금 팬레터를 쓰게 했던 그녀는, 어쩌면 내게 우상과도 같은 존재였다. 그런 그녀가 여전히 건재하다는 것은, 그녀가 지금의 내게도 우상이 되어 줄 수 있을 것 같다는 든든함을 안겨 줬다. 나도, 그럴 수 있었으면….

어른이 되어 간다는 것, 나이를 먹어 간다는 것이 나는 가끔 두렵다. 단순한 육체의 늙음 때문이 아니라, 마음이 늙을까 봐. 내가 변할까 봐. 지금 내가 옳다고 생각하는 것, 지켜야 한다고 생각하는 것을 잃게 혹은 잊게 될까 봐. 그래서 '나는 어른이 되어도 절대 저렇게 되진 않을 거야.'했던 누군가의 모습으로, 내가 되어 있을까 봐.

나는 10년 후, 20년 후, 그보다 더 후에도,
글을 쓰고 있었으면 좋겠다.
지금의 내가 꿈꾸는 글을.

나는 10년 후, 20년 후, 그보다 더 후에도,
좋은 사람이었으면 좋겠다.
지금의 내가 생각하는 좋은 사람이.

어쩌면 나는 아직, 지금의 내가 꿈꾸는 글은 쓰고 있지도 못하고, 지금의 내가 생각하는 좋은 사람에는 미치지 못하고 있는지도 모르지만, 10년 후, 20년 후, 그보다 더 후의 내가, 지금의 나에서, 지금의 기준으로, 더 후진 사람이 되어 있지 않기를.

그래서 지금의 나를 알고 있는 누군가와
아주 오랜 시간 후 다시 마주하게 됐을 때,

그를 실망시키지 않았으면 좋겠다.
나를, 실망시키지 않았으면 좋겠다.

나 너 좋아했어, 가 아닌
나 여전히 너 좋아해, 가 될 수 있기를.

마치 지금의 나에게 그녀가 그러한 것처럼.
마치 지금의 나에게 '현재진행형'인 그녀의 만화가 그러한 것처럼.

도움을 받다

책

우리들은 모두 무엇이 되고 싶다
꽃 _ 김춘수

홀로 북극에 버려진 펭귄
두근두근 내 인생 _ 김애란 _ 2011, 창비

꼬박 일 분간의 지극한 행복
백야 _ '우스운 자의 꿈' 중에서 _ 표도르 도스토옙스키 Fyodor Mikhaylovich Dostoevsky _ 2000, 작가정신, 고일 옮김

우리가 끊임없이 타인을 찾아 헤매는 이유
미녀 _ '체호프 단편선' 중에서 _ 안톤 체호프 Anton Pavlovich Chekhov _ 2002, 민음사, 박현섭 옮김

우리는 모두 섬이다
어바웃 어 보이 About A boy _ 닉 혼비 Nick Hornby _ 2002, 문학사상사, 김선형 옮김

규칙 놀이
분노하라 Indignez-vous! _ 스테판 에셀 Stephane Hessel _ 2011, 돌베개, 임희근 옮김

그래도 나는 하지 않았어
나는 나를 파괴할 권리가 있다 _ 김영하 _ 1996, 문학동네

우리는 누구나 선택한 삶을 살아간다, 기본적으로는
나를 바꾸는 글쓰기 공작소 _ 이만교 _ 2009, 그린비

형편없는 작가, 제법 괜찮은 작가, 훌륭한 작가, 위대한 작가
유혹하는 글쓰기 On Writing _ 스티븐 킹 Stephen Edwin King _ 2002, 김영사, 김진준 옮김

조금 무모한 일이 될지 모른다 해도
행운아 _ 달빛요정역전만루홈런 _ 2011, 북하우스

자학과 자뻑
갈매기 _ '벚꽃 동산' 중에서 _ 안톤 체호프 Anton Pavlovich Chekhov _ 2009, 열린책들, 오종우 옮김
퓨리턴의 초상 _ 김수영 _ 1976, 민음사

영화

내 맘 같지 않은 지금
장미의 이름 The Name Of The Rose _ 1986, 장 자크 아노 Jean-Jacques Annaud

착한 사람들에 의한 착한 세상
르 아브르 Le Havre _ 2011, 아키 카우리스마키 Aki Kaurismaki

우리는 모두 섬이다
어바웃 어 보이 About A Boy _ 2002, 크리스 웨이츠 Chris Weitz, 폴 웨이츠 Paul Weitz

그래도 나는 하지 않았어
그래도 내가 하지 않았어 それでもボクはやってない _ 2006, 수오 마사유키 周防正行

다른 꿈은 엄두조차 나지 않으니까
업 Up _ 2009, 피트 닥터 Pete Docter, 밥 피터슨 Bob Peterson

위악
가족의 탄생 Family Ties _ 2006, 김태용
사랑한다, 사랑하지 않는다 _ 2011, 이윤기

만화

너무 많은 일기장
마음의 소리 _ 조석

익숙함을 놓아버린다는 것
삐리리~ 불어봐! 재규어 ピューと吹く!ジャガー _ 우스타 쿄스케 うすた京介

녹차와 김
심야식당 深夜食堂 _ 아베 야로 安倍夜郎

나를, 실망시키지 않았으면 좋겠다
17세의 나레이션 _ 강경옥
별빛 속에 _ 강경옥
설희 _ 강경옥
현재진행형 ING _ 강경옥

드라마 & TV 애니메이션

우리의 전성기는 언제였을까
섹스 앤 더 시티 Sex And The City

나는 원래…
빨강 머리 앤 _ Anne Of Green Gables 赤毛のアン
골든 타임 Golden Time

익숙함을 놓아버린다는 것
빅뱅이론 The Big Bang Theory

노래

작가 코스프레
사랑은 은하수 다방에서 _ 10cm 1집 '1.0' 중에서 _ 2011
아메리카노 _ 10cm Digital Single _ 2010

어른이 된 나는 어지러워
새벽 4시 _ 10cm 'The First EP' 중에서 _ 2010

끝내 떠오르지 않는 그리움이 그리워
겨울 이야기 _ DJ DOC 3집 'D除2德' 중에서 _ 1996

젊은 우리 사랑
젊은 우리 사랑 _ 검정치마 2집 'Don't You Worry Baby (I'm Only Swimming)' 중에서 _ 2011

너무 많은 일기장
깊은 밤 전화번호부 _ 장기하와 얼굴들 2집 '장기하와 얼굴들' 중에서 _ 2011

마음이, 너무 바빠서
싸구려 커피 _ 장기하와 얼굴들 1집 '별일 없이 산다' 중에서 _ 2009

뭘 그렇게 놀래
별일 없이 산다 _ 장기하와 얼굴들 1집 '별일 없이 산다' 중에서 _ 2009
뭘 그렇게 놀래 _ 장기하와 얼굴들 2집 '장기하와 얼굴들' 중에서 _ 2011

조금 무모한 일이 될지 모른다 해도
주성치와 함께라면 _ 달빛요정역전만루홈런 _ 컴플레이션 앨범 'Life' 중에서 _ 2010
치킨런 _ 달빛요정역전만루홈런 3집 'Goodbye Aluminium' 중에서 _ 2008
절룩거리네 _ 달빛요정역전만루홈런 1집 'Infield Fly' 중에서 _ 2004
요정은 간다 _ 달빛요정역전만루홈런 3집 'Goodbye Aluminium' 중에서 _ 2008

팟캐스트

마음이, 너무 바빠서
김영하의 책 읽는 시간

나를, 실망시키지 않았으면 좋겠다